가출 모범생
천둥기

가출 모범생 천둥기

지은이 박상기
펴낸이 임상진
펴낸곳 (주)넥서스

초판1쇄 인쇄 2022년 10월 25일
초판1쇄 발행 2022년 11월 1일

출판신고 1992년 4월 3일 제311-2002-2호
10880 경기도 파주시 지목로 5
Tel (02)330-5500 Fax (02)330-5555

ISBN 979-11-6683-398-4 43810

가격은 뒤표지에 있습니다.
잘못 만들어진 책은 구입처에서 바꾸어 드립니다.

www.nexusbook.com
&(앤드)는 (주)넥서스의 문학 브랜드입니다.

가출 모범생 천둥기

박상기 장편소설

&

차
례

1. 천동기, 그리고 나 ‥7

2. 동기가 왜? ‥18

3. 공모자 ‥31

4. 천하의 나쁜 놈 ‥47

5. 뜻밖의 선물 ‥58

6. 녀석의 부탁 ‥68

7. 안부를 묻다 - 통영 1 ‥84

8. 나의 현실 - 통영 2 ‥101

9. 똥 만드는 기계 ‥116

10. 엿 같은 상황 ‥128

11. 탈출 - 부산 1 ‥145

12. 몰랐던 세계 - 부산 2 ‥161

13. 나의 미래 - 부산 3 ‥176

14. 결판 ‥189

15. 지금 우리는 ‥207

작가의 말 ‥222

1.
천동기, 그리고 나

어디선가 이상한 냄새가 난다. 은은하게 맡아지기보다 콧속을 훅 찔러 오는 느낌. 머리가 어질어질한 게 어릴 적에 이따금씩 맡곤 했던 악취 같다. 나는 문제집에서 눈을 떼고 주변을 둘러보았다.

딱딱하고 개성 없이 네모난 시계가 밤 9시 40분을 가리켰다. 옆에 형광등 하나가 죽을 듯 말 듯 깜빡거린다. 이어폰을 끼고 영어 듣기에 몰두하는 녀석, 스프링 노트에 뭔가 끼적이는 녀석, 잠을 보충하려고 엎어진 녀석 들이 교실을 가득 채웠다. 이상할 것 하나 없는 고3 교실의 야자 풍경이다. 상한 음식이나 썩은 화분 따위도 없고 창문은 굳게 닫혀 바깥공기와 철저히 단절되어 있다. 냄새가 날 리 없는데 내가 착각한 걸까. 그사이 악취는 감쪽같이 사라졌다. 나와 눈이 마주친 성균이가 금붕어 주둥이처럼 '뭐?'라며 뻥긋하는 입 모양을 보고서야 아무 일도 아니란 듯이 문제집으로 복귀했다.

문제가 눈에 잘 들어오지 않았다. 나만 그런 게 아닐 것이다. 여기 있는 놈들 중 반은 엉뚱한 짓을 하고, 그나마 반절은 뭐라도 해 보려 애쓰고 있다. 내가 애쓰는 축에 끼는지는 잘 모르겠다. 우리 학교가 지역에서는 나름 명문으로 소문이 났지만, 적어도 이 교실에 있는 녀석들은 오합지졸이다. 진짜 브레인들은 '심화반'에 편성되어 다른 교실에서 공부하고 있기 때문이다. 신축 별관에 자리한 심화반은 급식 때 먹는 쌀부터 다르다고 소문날 정도로 특별 관리를 받았다. 대외상도 도맡아 받고, 학생부에 필요한 실적도 챙겨 받는 녀석들. 수능이 끝나면 교문 현수막에 '○○대학교 합격'이라고 이름이 붙을 녀석들. 우리는 알게 모르게 심화반을 부러워했다.

"야, 지우개 좀."

짝꿍 천동기의 낮은 목소리가 들렸다. 순간 나는 잘못이라도 저지른 사람처럼 놀라 지우개를 건넸다. 녀석은 날 쳐다보지도 않은 채 손만 뻗어 지우개를 받았다. 나는 그런 동기를 몇 번이나 힐끗 쳐다봤다.

얼마 전에 이 녀석에게 못 볼 꼴을 보인 탓이다. 절대 들키고 싶지 않은 나만의 비밀이었는데……. 그때 그것을 본 동기의 비웃음 가득한 표정을 잊을 수가 없다. 그 후로 녀석만 보면 몸이 움츠러들고 눈치를 살피게 된다.

동기는 일부러 심화반에 안 들어간 놈이다. 심화반은 1학년 때 40명을 선발했다가 해마다 학생을 10명씩 줄여 2학년 때 30명, 3학년 때 20명이 된다. 그런데 동기는 작년에 성적을 미친 듯이 올려 3학년 재편성 때 거기 들어갈 자격을 얻었다. 그랬는데도 심화반을 단칼에 거절해 학교에서 유명해졌다.

녀석은 일찌감치 공부를 다 끝내고 지리부도를 들여다보는 중이었다. 국내 지도 어딘가를 펼쳐 놓고 연필로 지점과 지점 사이를 신중하게 표시했다. 공부는 안 하고 요새 틈만 나면 저러고 있다. 녀석의 지리부도는 이런저런 낙서로 벌써 너덜너덜해진 지 오래였다.

뭘 하는 건지 궁금했지만 짝꿍이 된 뒤로 지금까지 물어본 적은 없다. 동기는 원래 말을 붙이기 어려운 녀석이었다. 다른 아이들도 동기와 말을 잘 섞지 않았다. 동기 혼자 우리 반 전체를 왕따시키는 것 같은 모양새였는데, 고3 체제에서 이걸 문제 삼을 만한 녀석은 없었다. 나는 모처럼 사교성을 발휘했다.

"뭐 하는 거야?"

동기는 나를 1초도 안 보더니 흠, 하고 고개를 돌렸다. 녀석의 트레이드마크다. 말할 필요를 못 느끼면 무시하는 저거만한 태도. 그래서 애들은 동기를 재수 없다, 싸가지 없다고 평가했다.

갸름하고 길쭉한 얼굴에 매부리코를 가진 동기는 옆에서 보면 더욱 고집스러워 보인다. 두꺼운 뿔테 안경이 꽉 막힌 인상을 주기도 한다. 안경 뒤의 눈은 크지 않아도 무엇이든 꿰뚫어 보는 느낌이다. 게다가 녀석은 덩치도 커서 마치 어른이 교복을 입고 앉아 있는 듯한 착각을 불러일으켰다. 앉은키는 나랑 비슷한데 녀석이 일어섰을 때 높아지는 눈높이를 보고 깜짝 놀랐던 기억이 난다.

사실 동기에게 성적을 끌어올린 비결을 들어 보고 싶었다. 오로지 독학으로 전교 다섯 손가락 안에 든 게 신기했기 때문이다. 작년에 동기와 같은 반이었던 용대가 녀석에게 뭘 바라지 말라고 했지만 개의치 않았다.

그런데 4월 말이 된 지금, 나는 아직도 동기에게 공부에 관해서는 아무것도 묻지 못했다. 용대의 말이 옳았던 셈이다. 동기는 인간관계를 별로 필요로 하지 않았다. 가끔 자기가 필요할 때만 내게 말을 걸 뿐이었다. 결국 녀석을 찬찬히 관찰해 온 것만이 짝꿍으로서 얻은 유일한 소득이었다.

석식을 먹고 나면 동기는 척 봐도 낡아 빠진 카메라를 들고 학교 뒷문으로 향했다. 따라가 본 적이 없어 뭘 찍고 오는지는 나도 모른다. 그리고 쉬는 시간에는 지리부도를 뚫어지게 보는 것이 녀석의 패턴이다. 문제는 이 모든 게 집중력으로 똘똘 뭉쳐 있어 말을 붙이기 어렵다는 것. 동기는 그런 녀석이었다.

잠시 후, 야자 종료를 알리는 차임벨 소리가 흘러나왔다. 결국 오늘도 자율학습 성과는 미미했다. 동기와 나눈 말도 거의 없었다. 허무한 귀가였다.

"왜 이리 늦었어. 선생님 와 계셔."

문간에 들어서자마자 엄마가 인사 대신 건넨 말이었다. 원래 네 식구지만 지금은 엄마와 단둘이 살고 있는 38평 집은 고요하다 못해 적막했다. 어두컴컴한 현관에 놓인 아빠의 구두와 누나의 하이힐만이 가족으로서의 존재감을 겨우 유지했다. 이제는 내 공부방이 되어 버린 누나 방에 불이 켜져 있었다.

집에 오면 10시 30분이고, 과외는 12시 30분에 끝난다. 월·수는 수학, 화·목은 영어다. 오늘은 목요일, 그러니까 엄마가 준 미용실 상품권으로 긴 머리를 요란하게 파마한 영어 선생이 오는 날이다. Y대학을 나왔다는 영어 선생은 누나와 같은 대학 출신이라는 이유로 엄마랑 죽이 척척 맞았다. 간식을 넣어 주면서 감시하는 엄마의 눈빛을 뒤통수로 느끼며 수업에 집중했다. 아니, 집중하는 척했다. 영어의 까랑까랑한 목소리와 니글거리는 발음은 언제나 집중을 흩트리니까. 동기가 집중력 과잉이라면, 영어 선생은 자신감 과잉이다. 일장 연설하듯 지문을 해석하고 절대 부정할 수 없을 만큼 매서운 눈빛으로 내게 이해했냐고 물어보면 그렇다고 할 수밖에 없었다. 오늘 아침에 성적표를 두고 갔는데, 엄마가 아직 영어 선생에게는 말해 주지 않은 듯했다. 아무런 말도 없는 걸 봐서는.

다행히 별일 없이 영어 과외가 끝났다. 이제 잠이나 자면 좋겠지만 그럴 수가 없다. 사회 공부를 한 시간쯤 더 해야 오늘 일과가 끝나니까. 피로가 몰려온 탓에 문제집과 오답 노트를 책상에 올려놓고 잠시 쉬고 있을 때였다. 엄마가 갑자기 내 방에 들어왔다.

"얘기 좀 해."

아, 올 것이 온 모양이다. 나는 말없이 회전의자를 돌려 앉았다. 엄마는 숫자가 빼곡히 적힌 4월 모의고사 성적표를 책상 위에 툭 던졌다.

"6월부터는 재수생 때문에 불리해지니까 지금 바짝 올려야 한다고 했지. 어째서 3월보다 나아진 게 하나도 없을까?"

차분한 말투로 물었지만 금방이라도 폭풍이 몰아칠 것 같은 분위기였다. 2등급부터 4등급까지 고루 포진된 내 성적이 문제였다. 학급 석차 13/31, 학교 석차 126/362, 전국 백분위 79%. 우리는 10초쯤 침묵했다. 과외와 독서실로 한 달에 100만 원 이상 쏟아부은 엄마의 투자가 실패한 셈이었다. 나는 부도난 회사의 CEO처럼 이 상황을 해명해야 했다.

"3월보다 문제가 어려웠어."

내 궁색한 변명에 엄마의 얼굴은 예상보다 더 험해졌다. 엄마는 책상을 탕탕 두들기며 말했다.

"누가 점수 갖고 뭐라니! 문제가 어렵다고 너만 등급 떨어져? 하다못해 영어랑 수학은 올라야 할 거 아냐!"

"떨어지지는 않았잖아." 이렇게 말대꾸하려다 순간 엄마 눈빛에 기가 죽어 고개를 숙였다.

"소연이는 수학 학원만 다니고도 대학 잘 갔는데, 너는 뭐가 부족해서 이래? 무슨 고민이라도 있어?"

사교육비를 반도 안 들이고 Y대학에 간 누나는 언제나 나의 비교 실험군이었다. 화로 이글거리는 엄마 앞에서 내가 무슨 말을 한담?

"나 공부해야 돼."

그러곤 회피하듯 책상으로 돌려 앉았다. 엄마의 앙칼진

목소리가 뒤통수를 가격했다.

"이럴 때만 수험생 행세지! 내가 답답해서 그런다. 답답해서!"

내가 끝까지 대꾸하지 않자, 엄마는 기어코 나의 멘탈을 부숴 놓았다.

"네 인생 네 거니까 앞으로 신경 끌게. 나중에 사람 구실이나 하고 사는지 보자."

쾅! 소리와 함께 정적이 흩뿌려졌다.

엄마는 내가 중학생이 된 이후로 인격적으로 대우하는 차원에서 때리지 않겠다고 약속했었다. 하지만 그 뒤로 온갖 말도 안 되는 비유와 극단적인 말로 나를 힘들게 했다. 요즘 들어서는 차라리 매 맞는 게 속 편하겠다는 생각이 든다. 한 등급이 떨어질 때마다 열 대. 이 정도 고통으로만 끝낼 수 있다면 얼마나 좋을까.

요점을 읽는데 내용이 눈에 들어오지 않았다. 감정 폭풍을 겪고 나서 공부에 집중하기란 무리였다. 짝 소리가 나도록 뺨을 때리고 고개를 도리도리 저어도 소용없었다. 습관적으로 책상 오른쪽에 놓아둔 간식 통에 손이 갔다. 나도 안다. 먹으면 살찐다는 걸. 엄마는 하루에 세 개 이상 못 먹게 했다. 사탕, 젤리, 초콜릿을 손에 잡히는 대로 열 개쯤 까먹었다. 그런데도 기분이 전혀 나아지지 않았다. 성적표를 다시 들여다봤다. 2, 3, 3, 3, 4. 등급이 거의 내림차순이다. 3, 4, 4, 4, 5…… 4, 5, 5, 5, 6…… 5, 6, 6, 6, 7……. 멋대로 등급이 떨어지는 상상이 됐다.

수능 성적이 지금보다 떨어지면 나는 과연 살 수 있을까. 엄마는 누나에 비해 형편없는 나를 수치로 여기고, 아빠는 언제나 으름장을 놓았듯이 내 힘으로 벌어먹으라며 대학 등록금도 내주지 않을 것이다. 그럼 나는 알바하느라 대학 생활도 제대로 못하고 여자 친구 한 번 사귀어 보지 못한 채 군대에 갈 것이다. 군대에 가서 성질 더러운 선임을 만나 개고생을 할 것이고, 제대하면 대학에서 아저씨 취급을 받으며 연애는 더욱 꿈도 못 꿀 것이다. 대학을 졸업해도 취업이 되지 않을 것은 불 보듯 뻔하다. 그러면 나는 마흔이 넘도록 결혼도 못 하고 알바나 하다가 늙어 죽겠지.

끝도 없이 이어지는 망상을 제어하느라 나는 다시 뺨을 후려쳐야 했다. 그래도 부정적인 생각은 사라지지 않는다. 없애야 한다, 이런 생각.

틱틱, 뚝. 틱틱, 뚝. 틱틱, 뚝.

샤프를 눌러 심 부러뜨리기를 반복했다. 이렇게 하면 불안한 생각을 잠시나마 잊을 수 있다. 샤프심이 내 모든 악운을 가지고 사라져 버렸으면 좋겠다. 책상에는 샤프심 파편이 징그러울 만큼 가득했다. 하지만 샤프심 열 개를 자근 자근 다 부러뜨려도 기분은 시원해지지 않았다. 샤프를 눌러 대던 손가락이 아파서 더 짜증 날 뿐이다.

주문으로 없애야겠다. 한 번에 제대로 성공해야 한다.

"나한테 그런 일 절대 생기지 않아."

'생기지'에서 '않아'로 넘어갈 때 뭉뚱그려 발음하는 바람에 '생기잖아'처럼 말했다.

"나한테, 그런 일, 절대, 생기지, 않아."

한 번 성공. 이걸로 한 번의 실수는 만회했고, 이제는 악운을 몰아내야 한다.

"나한테 절대 그런 일 생기지 않아."

어순이 조금 달라져 버렸다. 이것도 실패. 만회해야 한다.

"나한테 그런 일 절대 생기지 않아."

"나한테 그런 일 절대 생기지 않아."

찝찝한 나머지 열 번쯤 더 반복해서 불안한 기분을 몰아냈다. 이제 안심이 된다. 내가 미친놈 같다는 걸 알지만 어쩔 수 없다. 이렇게라도 하지 않으면 밤새 불안에 시달리고 잠도 오지 않는다.

샤프심 파편을 치우고 나니 손가락이 까매져 있었다. 손이나 씻으러 가야겠다. 또 얼마나 손을 오랫동안 씻어야 할지. 내가 이 모양이라는 것을 아무한테도 말할 수 없다. 누구도 알아서는 안 될 일이다.

그런데 얼마 전 동기가 날 보고야 말았다. 3층 화장실 세면대에서였다. 미친 듯이 손을 닦으며 주문을 중얼대고 있는데, 아무도 없는 줄 알았던 칸에서 동기가 스윽 나왔다. 그러곤 내 뒤를 지나며 픽 웃었다. 거울에 비친 내 얼굴은 완전히 새빨갰다.

그 후로 녀석이 자꾸 신경 쓰인다.

2.
동기가 왜?

꽃구경 따위는 고3에게 해당되지 않는 일이다. 벚꽃이 지고 목련이 피는 모습은 창문 너머로 바라봐야 했다. 어느새 목련나무에서는 꽃이 지고 난 뒤 뒤늦게 새잎이 돋아나고 있었다. 꽃과 나무에 관심도 없던 내가 수업 시간에 이 모습을 하나하나 지켜보고 있다는 사실이 새삼 놀라웠다.

5월에 접어들어도 우리 교실의 야간자율학습 풍경은 여전했다. 철호는 문제를 풀다 말고 하얀 벽을 한참 바라보고 있었다. 언젠가 공부하는 것보다 벽을 쳐다보는 게 낫다고 한 적이 있는 놈이다. 내 뒤에 앉은 성균이와 용대는 항상 시답잖은 대화로 떠들곤 했다. 보통은 성균이가 먼저 잽을 날리듯 말을 건다.

"용대야. 넌 왜 맨날 우유를 사 마시냐."

"부러워서."

용대가 영혼 없는 목소리로 말하더니 꿀꺽꿀꺽 우유를 삼킨다. 성균이가 의혹을 표출했다.

"맛있어서가 아니고?"

"이 새끼 1등급이잖아. 소젖 주제에."

"……."

그러곤 둘이 미친 듯이 웃는다. 왠지 안타깝게 느껴진다. 입시 걱정에 돌아 버린 걸까. 그렇지 않으면 이딴 걸로 낄낄대는 상황을 어떻게 설명할 것인가.

고3이 되면서 욕설이 덕담으로 둔갑한 것도 있는데, 바로 '재수 없다.'라는 말이다. 친구들은 말끝마다 이 말을 달고 산다. 이를테면 "재수 없는 새끼."라고 차지게 말해 주면 상대는 화를 내는 게 아니라 헤벌쭉 웃는다. 특히 "너는 재수 없으니까 원하는 대학으로 꺼져."라고 말해 주면 금상첨화다.

그런 의미에서 진짜로 재수 없을 놈, 천동기는 옆에서 여전히 지리부도를 펼치고 앉아 있었다. 오늘은 숫제 처음부터 저러고 있다. 집에서 따로 밤새 공부하는 건가? 문제를 풀고 있는 나보다 더욱 몰입하고 있다. 뿔테 안경으로 지도가 통째로 빨려 들어갈 것만 같다. 녀석의 집중력이란…….

정말 할 수만 있다면 쏙 빼내서 내 것으로 만들고 싶다. 나도 집중하려고 고개를 푸르르 털었다.

"야."

동기가 내게 말을 걸어왔다. 그동안 녀석은 한 번도 내 이름을 부른 적이 없다. 녀석이 말 거는 사람은 나뿐이고, 그래서 호칭은 늘 '야'로 충분했다. 나는 긴장한 채로 놈을 바라봤다. 동기의 굵은 목소리가 튀어나왔다.

"부탁이 있는데."

녀석은 내게 뭔가 요청할 때 한 번도 '부탁'이란 말을 한 적이 없다. 그렇다는 건 이번에는 진짜로 중요한 부탁을 하려는 게 분명했다. 어쩌면 그 부탁을 들어주면 공부에 도움을 받을 수 있을지도 모른다.

"뭔데?"

"우리 엄마가 너한테 전화할 거야."

이게 웬 난데없는 소리? 나는 동기를 3학년이 되어서 처음 만났고 동기 엄마는 본 적도 없다. 집에서 내 얘길 한 건가? 녀석이 대체 뭘 부탁하려는 건지 짐작하기 어려웠다.

"내 번호 모르시잖아?"

"지금 알려 줘."

그러면서 수첩을 툭 던졌다. 우리는 짝꿍이면서도 지금껏 연락처 교환도 안 했다. 녀석이 고3이 되자마자 휴대폰을 없앴기 때문이다. 근데 이제 와서 번호를 따 가는 건 무슨 경우람. 나는 퉁명스레 물었다.

"그래서 부탁이 뭔데?"

동기는 뿔테 안경을 쓱 추켜올리며 볼펜을 까딱거렸다. 부탁하는 태도가 전혀 공손하지 않다.

"너한테 이것저것 물어볼 거야. 질문이 이상해도 전부 그렇다고 해."

"뭘 물어봐도 그렇다고만 하면 돼?"

녀석은 이미 내가 수락했다고 생각했는지 대답은커녕 고개를 까딱이는 최소한의 동작도 하지 않았다. 나는 이대로 호구 잡히는 게 싫어 다시 물었다.

"뭣 때문에 그러는데?"

"알 거 없어."

"알지도 못하는 걸 어떻게 들어줘."

"싫음 말고."

뭔 대답이 1초도 안 돼서 바로 나온담? 너무나도 뻔뻔한 태도에 나는 더 할 말이 없어졌다. 어떻게 된 게 부탁을 들어주는 내가 더 궁색한 기분이 드는 거지?

다음 날은 웬 포클레인 한 대가 운동장을 다 파헤치는 바람에 아침부터 시끄러워 수업에 집중하기 어려웠다. 듣기로는 비가 올 때 물을 잘 흡수하라고 배수로 정비 공사를 하는 중이란다. 그러면 지식을 잘 흡수해서 잊어버리지 않는 뇌 공사, 아니 수술은 없는 건가.

화학 선생의 걸쭉한 사투리는 유달리 멀리 공명하듯 뻗어서 그나마 귀에 들렸다. 화학은 수업 처음 5분가량을 항상 동기부여로 활용했다. 오늘도 표어처럼 보이는 문구를 칠판에 정자로 또박또박 적었다.

1, 2, 3등급은 치킨을 시키고
4, 5, 6등급은 치킨을 튀기고
7, 8, 9등급은 치킨을 배달한다.

두 줄쯤 적었을 무렵부터 여기저기서 웃음이 터져 나왔다. 누군가는 분명 치킨을 튀기거나 배달해야 할 텐데 그게 자기는 아니라고 생각하는 모양이었다.

화학은 수험 생활이 우리의 운명을 어떻게 바꾸는지에 대해 설파했다.

"여러분이 왜 이 닭장 같은 교실에서 1년을 썩느냐. 청춘이 아깝다고 생각할 수 있는디, 그건 오산이여. 내가 화학이니께 화학적으로다가 설명하면, 원유 분별증류 다 배웠잖어? 원유를 가열하면 하나씩 쓸 만한 것들이 나오는디

석유 가스, 휘발유, 등유 순이여. 가열이란 니들이 현실을 직시하도록 하는 스승의 가르침이고, 증류란 깨달음을 얻어 쓸 만한 사람이 되는 것인디, 일찍 깨달아 증류가 되는 놈일수록 비싸. 뭐가? 기름값이. 휘발유가 등유보다 비싸잖어. 그러니께 일찍 정신 차리고 공부한 놈이 평균 연봉이 더 높아진다는 말이여. 그러면 아무리 가열해도 못 깨닫는 놈은 뭐다? 끝까지 찌꺼기로 남아 아스팔트로 깔리는 거여. 휘발유 차, 경유 차 지나가게 깔아 주는 바닥 말이여."

몇 놈이 화학의 말을 듣고 "오오~" 하며 반응했다. 뒷자리에 앉은 성균이가 용대에게 "너는 방귀쟁이니까 석유 가스구나."라며 덕담하자, 용대가 "내년에 대학으로 증발해 버릴 휘발유 같은 새끼."로 응수했다. 석유 가스든, 휘발유든 모두 한 번 쓰면 사라지고 마는 소모품 아닌가?

화학의 설교는 계속 이어졌다.

"여러분은 이자를 10프로 주는 저축이 있다면 돈을 맡기겠어, 안 맡기겠어?"

"……."

"아, 니들은 지금 금리가 어떤지 모르지? 요샌 3프로만 줘도 잘 주는 거여. 암튼 10프로를 준다 하면 다들 살림 팔아서라도 저축한다고. 그러면, 지금 돈을 맡겨서 이자를 1,000프로 받는다면 저축할 겨, 안 할 겨?"

무슨 말인지 파악 못 한 학생들이 여전히 대답을 하지 않자 화학이 재차 물었다.

"할 겨, 안 할 겨?"

그제야 다들 억지로 "해요."라고 답변했다. 그걸 긍정적인 호응이라 받아들였는지 화학이 씩 웃었다.

"지금 니들 공부가 바로 그 저축이여. 1년만 죽었다 생각하고 저축하라고. 지금의 고생이 나중에 열 배, 백 배로 돌아오니께. 내 말 명심혀. 그리고 내 말 듣고 열심히 공부해서 성공한 놈 있으면 꼭 찾아와야 헌다."

짝, 짝, 짝짝짝짝……

한 놈이 손뼉을 치니 다른 놈들도 분위기에 휩쓸려 박수를 치기 시작했다. 오늘도 뜨거운(?) 반응 속에 수업을 하는 화학이었다. 옆에 동기가 있다면 분명 팔짱을 낀 채로 흠, 하고 비웃었을 것이다. 녀석은 지금 교무실에 불려 가 있지만.

갑자기 입시에 참 많은 사람들의 생계가 걸려 있다는 생각이 들었다. 나 같은 학생뿐 아니라 학원 강사, 과외 선생, 문제집 출판사나 심지어 조잡한 수험 보조 도구 제작사까지. 입시라는 거대한 사업이 사라지면 어떻게 될까. 학생은 만세를 외치는 동시에 관련 업계 사람들은 길바닥에 나앉으려나. 그럼 시험이 없어지면 어떤 방법으로 대학을 가야 하지? 아예 랜덤으로 배정해 주면 안 되나. 그럼 공부 잘하는 놈들이 반대하려나. 우리 엄마 같은 사람도 극렬히 반대할 테고. 잠깐, 그런데 나는 왜 이따위 생각을 하고 있는 거지?

어쨌건 우리는 앞에서 지껄이는 화학의 고리타분한 이야기를 천천히 곱씹고 비판해 볼 여유조차 없었다. 교실이라는 사육장에서 떠먹여 주는 지식이나 받아먹고 뇌를 살찌우는 우리 신세. 지식을 처넣고 더 처넣어 꽉꽉 채웠다가 수능 날 전부 토해 낸 다음 꿈같은 대학 생활을 즐기는 것. 이것이 과목을 불문하고 거의 모든 선생이 우리에게 동기 부여랍시고 설득하는 요지였다.

많은 사람이 이렇게 말하는 걸 보니 수능시험 날은 정말 미치도록 중요한 날인 게 틀림없다. 만약 그날 갑자기 배가 아프면 어떡하지? 아니, 고사장을 잘못 찾아가면 어떡하지? 길을 가다가 사고라도 나면, 수능 전날에 가족이 죽기라도 하면? 아아, 나는 왜 자꾸 말도 안 되는 상상만 하고 있는 거지?

갑자기 또 불안감이 엄습해 왔다. 이 생각들을 몰아내야 한다. 나는 조용히 샤프를 꺼내 들었다. 그리고 심을 부러뜨리려고 힘을 꾹 준 순간, 뒷문이 드르륵 열렸다.

"뭐여?"

들어온 사람은 다름 아닌 동기였다. 급하게 뛰어오기라도 했는지 얼굴이 벌게져 있었다. 포클레인 소리가 시끄러운 탓에 화학의 말을 못 들은 동기는 조용히 뒷문을 닫았다.

"뭐냐고, 이눔아."

화학이 재차 쏘아붙이자 그제야 동기가 잔뜩 굳은 목소리를 냈다.

"담임 면담이요."

"니 담임이 뭔디 학생을 멋대로 빼 가."

화학의 말은 진심이라기보다 동기의 뻣뻣한 태도에 맞서는 허세에 가까웠다. 나 같으면 얼른 "죄송합니다." 하고 자리에 앉을 텐데, 동기는 그저 가만히 서 있을 뿐이었다. 그러자 화학은 감정적인 손익을 빠르게 계산했는지 다음부터 미리 말하고 가라는 경고만 하고 끝냈다.

의자에 앉는 동기의 태도가 어딘지 모르게 거칠었다. 화학도 동기를 흘끔 바라볼 정도였으니까. 녀석의 씩씩거리는 숨소리가 확연히 들렸다. 지금 보니 뛰어오느라 그런 것 같지는 않고 아무래도 담임과 무슨 일이 있었던 것 같다.

평정심을 잃은 듯한 동기의 모습은 흥미로웠다. 나는 몰래 녀석을 엿보았다. 한곳만 뚫어지게 보는 동기의 눈빛을 보니 수업은 안 듣고 딴생각하는 게 분명했다. 녀석도 이럴 때가 있구나. 덕분에 방금까지 불안했던 기분이 싹 가셨다.

어느덧 포클레인 소리는 그치고 교실에는 평소의 잡음만이 되살아나 있었다.

5월 연휴도 내겐 해당 없었다. 어린이날, 뉴스 화면엔 고속도로에 꽉 들어찬 차들의 모습이 보였다. 민족 대이동도 아니고 대한민국 땅덩어리에 재미있는 게 얼마나 있다고 저렇게 사서 고생을 하는 걸까. 한편으로는 부럽기도 했다. 연휴 기간 내내 지랄맞을 만큼 놀러 가기 좋은 날씨였으니까.

그리고 오늘은 5월 8일 월요일, 효도를 중시하는 학교에서는 아침에 카네이션도 달아 드리고 효행을 실천하고 오라며 전체 등교 시각을 10시로 늦췄다. 나는 그것도 잊고 바보같이 제시간에 학교에 와 버렸다. 다행히 나 같은 얼간이가 한둘이 아니었다. 교실엔 자연스레 자율학습 분위기가 만들어졌다. 나는 국어 지문 두 개와 영어 지문 네 개를 비타민처럼 매일 복용하라는 지침에 따라 쓰디쓴 한약을 먹는 심정으로 문제를 풀었다.

모두 10시까지 등교를 했는데 짝꿍 동기는 나타나지 않았다. 수업은 이미 시작되었다. 오늘이 어버이날인 것과 동기가 늦는다는 사실이 겹쳐지며 이전의 기억이 떠올랐다. 그러고 보니 동기 엄마가 나한테 전화한다고 했는데 아직 연락이 없었다. 오늘과 관련이 있는 걸까. 녀석이 뭔가 오글오글한 이벤트라도 꾸미는 걸까.

점심시간에 나는 깜짝 놀랄 만한 소식을 들었다.

"야, 천동기 가출했대!"

"잉? 진짜?"

"아니, 그 새끼가 왜?"

나도 그 말이 믿기지 않아 머리가 띵했다. 성적도 톱인 녀석이 뭐가 아쉬워서 가출했을까. 부모님이 우리 엄마보다 더 쪼는 스타일인가? 아니면 성적 비관? 성적 때문이라면 녀석보다 못한 99프로는 다 가출해야 한다는 뜻이니, 이건 말이 안 된다. 아무튼 내 머리로는 이해가 되지 않았다. 동기 소식은 모두에게 초미의 관심사였다. 식판 위로 온갖 추측이 넘나들었다.

"여자 생긴 거 아냐? 의외로 동반 가출 많이 하잖아."

"너 같으면 요즘 같은 때 여자랑 집 나가겠냐?"

"아예 혼자 공부하려고 고시원 들어간 거 아닐까?"

"그럼 자퇴한다는 소린데, 수능 200일도 안 남기고 검정고시 보는 미친놈도 있냐?"

"진짜 정신병이 있는지도 모르지. 걔 평소에 분위기 싸했잖아."

가장 솔깃한 정보는 여드름 전쟁터, 용대에게서 나왔다.

"내가 그 새끼랑 작년에 같은 반이었는데, 작년에도 이맘

때 학교에 안 나왔었어. 그땐 가출이 아니라 쌤도 그냥 넘어갔는데.”

친구들이 무슨 이유였느냐, 얼마나 오래 안 나왔느냐 물었지만 용대도 거기까진 기억하지 못했다. 그 바람에 용대에게 야유가 쏟아졌다.

종례 시간까지도 동기는 나타나지 않았다. 녀석이 내 옆에서 사라졌다는 사실이 점점 현실로 받아들여졌다. 담임은 학생들이 만들어 낸 온갖 풍문을 잠재우려는 듯 간략하게 상황을 설명했다.

“천동기가 집 나간 게 오늘이 아니라 지난주 연휴 첫날이란다. 새끼가 어린애도 아니고 어린이날 가출을 해.”

그럼 벌써 가출한 지 3일이 지났다는 말이다. 뒤에서 성균이가 “어우, 어린이날에 어버이날까지 쌍 크리 터졌네. 가정의 달에 가정 탈출 오지고.”라며 혼잣말을 했다. 그 와중에 용대는 성균이의 말에 라임이 살아 있다며 감탄했다.

“아무튼 천동기 가출이 장기화될 조짐이 보이니까, 다들 신경 끄고 공부에만 집중하도록. 쓸데없이 동요하는 놈 있으면 가만 안 둬.”

“쌤, 저희는 어린애가 아니라 동요 안 부르는데요.”

성균이가 기어이 웃기려고 무리수를 뒀다. 문제는 저런 농담에도 웃는 녀석들이 있다는 점이다. 압도적인 야유 소리에 웃음소리는 금방 쪼그라들었지만.

"근데 동기 왜 가출했대요?"

반장이 비교적 상식적인 질문을 했다. 담임은 애써 무마했다.

"짐작 가는 게 있긴 한데, 니들이 생각하는 그런 거 아니니까 신경 꺼."

다들 알려 달라며 웅성거렸지만, 종례는 이렇게 끝이 났다. 단순한 학생들은 저녁 식사 줄을 빨리 서기 위해 복도를 와다닥 달려 나가기 시작했다. 나는 왠지 기운이 쭉 빠져 천천히 걸어갔다.

창문 너머로 노랗게 변한 햇빛이 스며들었다. 나는 뒤통수와 등을 훑고서 벽에 드리운 그림자를 멍하니 바라봤다. 어느새 해가 이만큼 길어졌다니. 봄이 슬그머니 가 버렸다는 걸 느끼지도 못한 채 살아가는 현실에 한숨이 나왔다. 고3을 지내며 우리는 얼마나 많은 걸 놓치는 걸까. 다들 똑같을 텐데 나만 억울해하는 걸까.

순간 동기의 얼굴이 다시 떠올랐다. 아무리 생각해도 이해가 되지 않았다. 나 같은 놈도 버티고 있는데 동기가 왜? 녀석이 옆에 있다면 한번 물어보고 싶다.

넌 대체 왜 가출한 거냐?

3.
공모자

막 떨어지는 해 주변으로 붉어지는 노을에 자꾸 시선이 갔다. 평소에 못 보던 이국적인 하늘빛이었다. 동기가 없는 야자 시간은 왠지 허전했다. 녀석이 사라지니 괜스레 불안했다. 방금까지 한바탕 농구를 뛰고 온 용대는 셔츠 단추를 모두 풀어 헤치고 부채질을 했다.

"서울, 경기는 야자 없어지는 추세던데 우린 왜 이러고 있냐. 집에 가서 샤워하고 개운하게 공부하면 딱 좋은데."

"걔네가 끝나고 집에 가는 줄 아냐, 인마? 강남에서 공부 좀 하는 놈들은 더 늦게 들어가."

성균이가 책에서 눈을 떼지 않은 채로 대꾸했다. 그러자 용대가 허세를 부렸다.

"학원, 과외 그런 거 다 템빨 아니냐? 고등학교 공부 뭐 그리 대단하다고 난리냐. 혼자 집중해서 하면 되지."

"그러시는 네놈 등급은?"

용대는 할 말이 없어진 듯 1등급 우유만 꿀꺽꿀꺽 삼켰다. 문제는 용대 성적이 나보다 형편없다는 데 있다. 이런 말은 동기가 뿔테 안경을 추켜올리며 잘난 척하듯 해야 어울리는데. 성균이도 동기가 떠올랐는지 히죽거리며 말했다.

"근데, 동기 진짜 미친 거 아니냐? 고3이 무슨 가출이야. 중딩도 아니고."

"성적 스트레스는 아닌 것 같은데."

"동기가 가출한 동기를 밝혀라!"

성균이가 또 억지로 웃기려 드는 바람에 대화가 뚝 끊어졌다. 나중에 개그맨 한다고 하면 보따리 싸 들고 다니며 말려야겠다.

주변이 어두워지고 야자 1교시가 반쯤 지났을 무렵이었다. 오늘 감독인 우리 반 담임이 앞문을 열고 고개만 내밀더니,

"나태훈."

내 이름을 불렀다. 그러고는 나에게 한마디를 하고 사라졌다.

"쉬는 시간에 교무실로 와."

나는 얼떨떨해서 성균이와 용대에게 날 부른 것이 맞는지 다시 물어봤다. 용대가 간단한 추측을 더했다.

"네가 동기 짝꿍이니까 평소 행동 같은 거 조사하려는 거겠지."

그런 거라면 좋겠지만 왠지 담임의 싸늘한 눈빛이 마음에 걸렸다. 나는 갑자기 불안해져서 쉬는 시간 전까지 내내 샤프심을 분질러야 했다.

"여기 앉아라."

담임이 옆에 있는 빈 의자를 끌어다 주었다. 나는 담임의 눈치를 살피며 조심스럽게 앉았다. 책상이 온갖 교재와 잡동사니로 덮여 있는 걸 보아하니, 담임은 정리정돈과는 거리가 멀어 보였다. 올해 마흔을 갓 넘겼다는데 머리가 정수리까지 벗겨져 열 살은 더 많아 보였다.

"공부하느라 힘들지?"

대한민국 교사답게 공부 이야기로 시작하는 담임 앞에 속마음을 솔직히 까놓고 말할 위인이 몇이나 될까. 그럴 만한 놈은 지금 학교에서 사라졌다. 나는 아마 그놈 때문에 불려 온 걸 테고. 손가락으로 책상을 톡톡 두드리던 담임은 한참이 지나서야 다음 말을 꺼냈다.

"동기가 평소에 너한테 뭐라던?"

질문의 뉘앙스가 동기에 대한 것만이 아니라 나와의 연관성을 묻는 것 같아 의아했다. 나는 사실대로 말했다.

"별말 없이 지냈는데요."

"별말 없이?"

담임이 반문하는 목소리가 어딘가 거슬렸다. 동기에 대해 자세히 알고 싶으면 음료수라도 하나 건네며 사근사근 물어야 하는 거 아닌가? 나는 손바닥에 땀이 고이는 게 찝찝해 바지에 쓱 문질렀다.

"너한테 가출 암시하는 말 없었어?"

암시가 있었어야 할 것 같은 이 분위기는 뭐지. 나는 정말 몰라서 고개만 가로저었다. 담임은 자물쇠가 잠긴 금고 보듯 나를 쳐다보며 흠, 콧숨을 내쉬었다.

"네가 이렇게 협조를 안 하면 동기를 찾을 수가 없어."

흡사 취조하는 듯한 분위기에 슬슬 짜증이 나기 시작했다. 나는 담임을 노려보며 단도직입적으로 말했다.

"왜 저한테 물으시는데요?"

담임이 날 한참 바라보더니 픽 웃었다.

"적반하장도 유분수지, 어디서 눈을 치떠? 네가 동기 가출 도왔잖아."

이건 또 무슨 소리람.

"그런 적 없는데요. 저도 동기가 집 나갔다고 해서 무지 당황스러워요."

담임이 헛숨을 내뱉었다. 그러곤 손으로 휑한 이마를 문지르며 신경질을 부렸다.

"너 인마, 동기랑 같이 나가기로 했었다며!"

이 말도 안 되는 오해는 뭐지?

"누가 그래요?"

"동기 엄마가 말해 줬어!"

순간 뒤통수를 한 대 맞은 것처럼 어질어질했다. 지난주에 동기가 휴대폰 번호를 적어 달라고 한 게 기억났기 때문이다. 동기 엄마의 연락만 기다리고 있었는데, 일이 이렇게 될 줄이야.

담임이 쐐기를 박듯 상황을 설명했다.

"지난주에 동기가 체험학습 신청서를 써 왔기에 거절했어. 고3이 공부는 안 하고 놀러 간다는 게 말이 안 되잖아. 그랬더니 이놈이 가출해 버린 거야. 그런데 아무리 생각해 봐도 애초에 부모님이 신청서에 도장 찍어 줬다는 게 이상하다 싶어서 연락해 봤지. 어머님 말로는 동기가 혼자 가는 게 아니라 친구랑 같이 간다면서 네 연락처를 알려 줬다네? 그 번호는 네가 직접 적어 준 것이고. 이쯤 되면 나머지는 네 입으로 시인해야 되는 거 아니냐?"

뭔가 잘못됐다. 억울해 미칠 지경이다. 하마터면 쪽팔리게 눈물이 날 뻔했다.

"쌤, 저 진짜 아무것도 몰라요. 번호는 동기가 알려 달래서 그냥 적어 준 거고요. 그놈이 가출을 계획하고 있는 줄은 꿈에도 몰랐어요."

차마 "엄마에게 무슨 질문을 받아도 그렇다고 해."라고 했던 동기의 진짜 부탁까지는 실토할 수 없었다. 그것을 말하는 순간 부탁을 들어준 내가 얼간이 중에서도 얼간이라는 걸 입증하는 꼴이니까. 쉬는 시간 종료를 알리는 차임벨이 울리자 담임이 급히 면담을 마무리했다.

"아무튼 너는 동기가 유일하게 흔적을 남기고 간 녀석이니까, 내일 동기 어머님 만나러 갈 때 같이 가. 억울하면 직접 가서 오해를 풀어야지."

담임의 제안을 거절할 수 없었다. 아니, 나에게는 그럴 권리가 없었다. 동기가 내 이름을 팔고 가출했으니까. 나는 그러겠다고 약속하고 교실로 돌아왔다.

야자 시간 내내 공부가 되지 않았다. 비어 있는 옆자리를 볼 때마다 동기가 떠오르는 건 물론이고 문제집을 봐도, 깜깜한 창밖을 바라봐도 비웃는 녀석의 표정이 자꾸 연상됐다. 심란해서 주위를 둘러보니 농구 게임을 하느라 피곤했는지 용대는 아예 책상에 엎드려 있고, 성균이는 간만에 불이 붙어 타이머를 켜 놓고 모의 시험지를 풀고 있었다. 성균이 덕분에 나도 이러면 안 되겠다는 생각이 들어 다시 문제집을 쳐다보았지만, 5분도 채 지나지 않아 다시 녀석이 떠올랐다.

집에 걸어오는 동안에도 동기가 생각났다. 동기는 요즘 부쩍 지리부도를 유심히 들여다보곤 했다. 연필로 끊임없이 한 지점과 다른 지점을 연결하고 확인했다. 나는 비로소 두 가지 사실이 연결되어 있다는 걸 깨달았다.

녀석은 정말 지리부도에 표시한 곳으로 떠나 버린 건가! 동기가 체험학습 신청서를 냈었다고 하니 내 추측이 맞을 것이다. 이럴 줄 알았으면 녀석이 어디 지역을 살피고 있었는지나 봐 둘걸. 적어도 단서 하나쯤 있어야 내일 동기 엄마를 만나더라도 할 말이 있을 테니까.

여하튼 녀석이 내게 누명을 씌우고 집을 나간 건 괘씸한 일이었다. 친절하게 대해 줬더니 날 이용해 먹어? 나쁜 놈, 만나면 가만두지 않을 것이다.

숨이 점점 차는 게 빨리 걸어서인지 부아가 치밀어서인지 분간이 안 되었다. 내가 사는 아파트까지 쭉 뻗어 있는 정돈된 거리에는 양옆으로 판에 박은 듯이 똑같이 생긴 상가들이 죽 들어서 있다. 번화가 속을 걸어가는데 왠지 혼자 있는 듯한 느낌이다. 저 불빛과 간판들은 나와 아무런 관련이 없다.

하염없이 터덜터덜 걷다 보니 10시 34분, 오늘도 엄마가 강조한 시간보다 조금 늦었다. 집이 보이자마자 한숨부터 나왔다. 집에 쉬려고 가는 게 아니라 스트레스 받으러 가는 것 같았다. 심야 과외, 잔소리, 보장되지 않은 사생활. 차라리 학교에 있을 때가 더 마음이 편한 게 아이러니다.

날 기다리고 있는 수학 선생을 보니 의욕이 더 떨어졌다. '수포자'나 다름없는 나를 어떻게든 살려 보겠다고 구조 요원을 투입시킨 엄마나, 원치 않는 수학 인공호흡을 쉴 새 없이 하는 깡통쌤에게는 그저 미안할 따름이었다. 얼굴이 사각인 데다가 몸이 깡말라 깡통이라고 불러 달라던 깡통쌤은 지금도 코시-슈바르츠 부등식을 이용한 최대, 최솟값 구하는 방법을 열심히 설명하고 있었다. 내가 아무래도 적극적이지 않자 깡통쌤은 또 수학 예찬론을 펼치기 시작했다.

"수학을 어디에 써먹는지도 모르겠고, 왜 해야 하는지 모르겠지? 수학을 잘해야 문제해결력도 높아지고 논리적으로 세상을 살아가는 거야. 컴퓨터, 전자제품, 경제, 금융 어느 분야에도 수학이 안 들어간 건 없다고 보면 돼."

이미 중학생 때부터 수없이 들었던 말이지만 나는 처음

듣는 것처럼 고개를 끄덕여 주었다. 이따위 말로 수학 공부에 대한 의욕을 높일 수 있다면 나는 이미 수학의 신이 됐을 것이다. 도무지 머리가 안 따라 주는 걸 어쩌란 말인가. 깡통쌤이 갑자기 큰 인심을 쓰듯 말했다.

"에잇, 수학을 편법으로 해결해 버릇하면 안 되는데, 너한테만 특별히 알려 줄게. 슈바르츠 공식을 이해 못해도 최대, 최솟값 구할 수 있는 초간단 꼼수 비법이야. 만약 수능에 이거 나오면 나한테 감사해야 한다."

내가 왜? 당신은 지식을 팔아먹는 보따리 장사일 뿐이고, 나는 그걸 돈 주고 샀을 뿐인데? 설명한 것 중에서 수능에 나오는 게 하나도 없으면 그게 더 이상한 거 아닌가? 이렇게 생각만 했을 뿐, 나는 깡통쌤의 새로운 설명에 감탄하는 척했다. 깡통쌤은 이게 수학 정신에는 어긋나니 제대로 풀리지 않을 때만 활용하라는 조언도 곁들였다.

과외가 끝나면 엄마는 선생들을 배웅하면서 나의 수업 태도와 이해 정도가 어땠는지 꼭 물어봤다. 나의 불성실함을 여과 없이 폭로하는 영어와 달리, 깡통쌤은 늘 듣기 좋게 말해 주었다. 엄마는 그런 립 서비스를 자신만의 필터로 걸러 들으려는 기색이 역력했다. 나는 깡통쌤과 엄마를 번갈아 가며 살폈다. 어째서 난 배웅하면서도 눈치를 봐야 하는 걸까.

이게 다 내가 원하는 만큼 공부를 잘하지 못해서인 것 같다. 내가 전교 1등이면 엄마가 나를 이렇게 대우할까? 영어가 만날 때마다 잔소리를 늘어놨을까? 깡통쌤이 보따리 장사로 연명하려고 수학 정신에 어긋나는 편법을 동원했을까? 애초에 나는 이 모든 상황에 지금처럼 비판적이었을까?

모르겠다. 정말 아무것도 모르겠다.

어느덧 새벽 1시가 넘어가고 있었다. 나를 감시하던 엄마도 이미 잠든 시각이다. 태평양 건너 주재원으로 있는 아빠에겐 한낮일지 모르나 이 시간에 나랑 안부를 주고받을 일은 없다. 올빼미족인 누나는 지금쯤 서울에서 화려한 밤을 보내고 있을지도 모르겠다. 누나의 말대로라면 대학 적응도 끝났고 아직 본격적으로 취업 준비를 하지도 않는 꽃다운 2년 차 대학생이니까.

주변은 고요했다. 적어도 한 시간은 사회를 더 공부해야 한다. 간만에 집중하기에 괜찮은 편이었다. 나는 요점 부분에 밑줄을 죽죽 그으며 설명을 읽어 나갔다. 그리고 실전 문제를 막 풀어 보려는데,

삐리리리— 삐리리리—

평소 잠잠하던 휴대폰이 갑자기 존재감을 과시했다. 이

고물 폰은 왜 하필이면 지금 울려서 날 방해하는 거지? 이 시간에 나에게 전화가 올 리가 없다고 생각한 나는 신경질적으로 휴대폰을 집어 들었다. 역시나 지역 번호가 낯선 061이었다. 나는 무음으로 해 둔 채 내려놓았다.

폰 화면이 반짝거리며 계속 나를 불렀다. 몇 초가 몇 분처럼 길게 느껴져 도저히 공부로 전환할 수 없었다. 자꾸 신경이 쓰인다. 어떤 정신 나간 놈일까? 계속 화면을 쳐다보는 사이에 휴대폰이 멈췄다. 이제 다시 공부해야지. 첫 번째 문제를 읽고 답을 찾는데,

삐리리리—

망할……. 휴대폰이 다시 울리기 시작했다. 들여다보니 아까와 같은 번호였다. 061 번호로 전화할 사람이 없는데, 대체 누구지? 이대로 두면 세 번, 네 번 계속 전화를 걸 것 같아서 결국 무뚝뚝한 목소리로 받았다.

"여보세요."

그러자 수화기 너머로 목소리가 들렸다.

"태훈이냐?"

태훈이냐. 전보다 허스키해지긴 했지만, 나는 이 목소리가 확실히 그 녀석인 것을 알 수 있었다. 지금 처음으로 '야' 대신 내 이름을 불러 줬다는 신기함은 전혀 고려 대상이 아니었다. 그 녀석이 전화했다는 게 믿기지 않아 나는

확인 차 물어봤다.

"천동기?"

곧바로 무미건조하게 "어."라는 대답이 들렸다. 상대방이 동기라는 게 확실해지자 나도 모르게 입에서 욕설부터 튀어나왔다.

"야 이 개새꺄!"

동기는 흠, 하고 비웃을 뿐이었다. 내가 욕지거리를 몇 번 더 퍼부었는데도 녀석은 전혀 동요하지 않았다. 오히려 더 해 보란 식으로 낄낄대기에 나는 금방 전의를 잃고 말았다. 학교에 있을 때보다 훨씬 편안하다는 게 수화기 너머로 느껴졌다. 나는 잠시 공격을 멈추고 냉정히 물어봤다.

"너 지금 어디냐?"

"전남 고흥."

"거긴 왜?"

"오고 싶어서 왔지."

"단지 그거냐, 미친놈아?"

"뭐가 더 필요해?"

녀석의 목소리엔 자유의 기운이 점점이 묻어 있었다. 마치 내가 테마파크에 가서 온종일 즐기다 밤늦게 집에 전화했을 때처럼. 나는 당시의 엄마처럼 짜증을 부리기 시작했다.

"너 고3이잖아. 네놈 때문에 학교 발칵 뒤집힌 거 몰라?"

"담임이 심란하겠지."

"나도 교무실에 불려 갔었다고. 네가 내 이름 팔고 집 나간 바람에!"

"안됐네."

"미친 새끼가. 너 지금 나한테 하나도 안 미안하지?"

"어."

"하, 내가 좆밥으로 보여?"

"알면서 묻냐."

아…… 머리에서 증기가 뿜어져 나오는 것 같다. 이 골 때리는 놈을 어떻게 해야 열받게 만들 수 있지? 나는 전략을 바꿔 보기로 했다.

"담임이 너 이제 학생부 좆됐대. 이제 어떻게 대학 가려고 그러냐?"

"안 가도 돼."

"그럼 성적은 왜 올렸는데?"

"할 만하니까."

젠장, 놈을 추어올린 꼴만 돼 버렸다. "너 때문에 엄마가 쓰러졌다."라는 거짓말도 하려고 했지만 지나친 무리수라는 생각 때문에 관두었다. 아무래도 거짓말 전략이 소용없는 것 같아 다시 물었다.

"언제 돌아올 거야?"

"가고 싶을 때."

"돈은 있냐?"

"굶어 죽지 않을 만큼."

너무나 초연한 말투에 물어보는 내가 궁색하게 느껴졌다. 나는 동기를 어떻게 대해야 할지 막막했다. 그러다 마지막으로 발악하듯 한마디 내질렀다.

"미친 새끼. 내년에 대학생 돼서 가도 될 것을."

"그만큼 퍼부었으면 이제 후련하지?"

녀석의 목소리는 흡사 똥을 싸질러 놓은 아기 기저귀를 갈듯 신속하고 무미건조했다. 나는 더 찔러 댈 말도 없어 기운 빠진 목소리로 물었다.

"나한테 왜 전화했어?"

"그래. 이제야 물어보네."

말투를 보아하니 완전히 날 가지고 놀고 있었다. 녀석은 아까보다 더 딱딱한 목소리로 부탁했다.

"메일 주소 좀 알려 달라고."

대차게 거절하는 것이야말로 내 자존심을 살릴 마지막 기회란 생각이 들었다.

"싫은데. 딴 놈한테 부탁하지."

"멍청하긴. 네가 알려 줘야 해."

"왜?"

"번호 아는 게 너뿐이니까."

간절해야 할 대목인데 이놈 목소리는 건조해서 쩍쩍 갈라질 지경이다. 사실 메일 주소를 알려 줘도 아무 지장이 없지만 나는 계속 심술을 부렸다.

"나한테 누명 씌운 놈이 뭘 보낼 줄 알고 알려 줘?"

"선물이지. 기념품은 못 사니까."

선물? 정신 나간 듯한 이 녀석 기준의 선물이 과연 제대로 된 거긴 할까? 그것도 메일로 보낼 만한 것이?

"또 나 엿 먹이려는 거 아니지?"

"그걸로 학교에 내 안부나 전해 줘."

안부와 선물이라……. 이 두 가지를 충족하면서 메일로 간편하게 보낼 수 있는 것이 존재한단 말인가? 어처구니없게도 나는 호기심이 동한 까닭에 순순히 메일 주소를 불러 주고 말았다. 동기 녀석이 대체 어떤 것을 보내올지 궁금해 견딜 수 없었기 때문이다.

녀석에게 내일 네 엄마를 만나러 간다는 말을 할까 망설이다 그냥 관두기로 했다. 분위기상 말이 곱게 나갈 것 같지 않고, 잘못하다간 골치 아파질 것 같아서다. 동기는 고맙다는 말은커녕 한마디 기약도 없이 전화를 끊어 버렸다. 통화를 끝내고 나서도 내가 지금 동기랑 통화한 것이 맞는지 실감이 잘 나지 않았다. 녀석과 이렇게나 많이 말을 나눠 본 것도 처음이었으니까.

결국 본의 아니게 동기와 또 하나를 공유하게 되었다. 진짜로 녀석의 공모자가 돼 가는 느낌이다. 휘말리는 기분이 생각보다 불쾌하지만은 않았다. 녀석의 말이 머릿속에서 계속 맴돌았다.

오고 싶어서 왔지. 뭐가 더 필요해?

4.
천하의 나쁜 놈

아침부터 속이 쓰렸다. 어젯밤에 동기와 통화하자마자 이상하게 허기가 몰려와 간식 통을 탈탈 털어 먹은 탓이다. 그 때문에 고3이 되면서 잘 맞지 않던 교복 바지가 오늘따라 더욱 조이는 느낌이었다. 작년 가을보다 무려 8킬로나 쪘다. 방에 있는 무거운 아령이 4킬로니까 그게 내 몸에 두 개나 붙었다는 말이다.

담임은 야자 1교시가 끝나는 저녁 8시에 동기네 집으로 출발하자고 했다. 동기 엄마가 늦게까지 일한다는 이유에서였다. 여전히 의심이 가득한 담임의 눈빛도 그렇고, 동기 엄마를 만나 무슨 말을 해야 할지 몰라 벌써 마음이 불편했다. 샤프심 부러뜨리기와 주문 중얼거리기를 반복해도 해소되지 않는 불안함이었다. 야자 1교시가 지옥처럼 느껴졌다.

내가 동기네 집에 간다는 소식이 반 전체에 퍼지는 바람에 간만에 분수에 넘치는 주목을 받았다. 성균이는 동기네 집에서 녀석의 공부 비법이다 싶은 건 모조리 긁어 오라는 진담 같은 농담을 했다. 용대는 내 속도 모르고 자기도 일찍 가고 싶다며 부럽다고 했다. 그 밖에 "동기랑 친한 애가 쟤밖에 없느냐." 같은 말도 들렸으나 못 들은 척했다.

담임의 검은색 세단을 타고 동기네 집으로 가는 동안 나는 더 미칠 지경이었다. 그나마 주행 중일 때는 괜찮았는데 사거리 신호라도 받으면 침묵이 고문이었다. 담임도 아무런 특징이 없는 내게 화젯거리를 찾으려니 고역이었을 것이다. 적대적 공존 관계가 이런 걸까. 담임은 내가 눈엣가시로 보여도 동기의 가출 경위를 파악하려면 필요하고, 나도 누명을 벗으려면 담임의 주선이 필요한 상황이었으니.

숨이 막혀 올 때쯤 동기네 집에 도착했다. 내 예상과 달리 녀석의 집은 아파트가 아니었다. 번화가를 벗어나 산 초입에 들어선 상가 밀집 단지 어딘가에 동기네 집이 자리하고 있었다. 허름한 주택 사이로 비쭉비쭉 솟아오른 건물 때문에 전체적으로 관리가 안 된 듯한 동네 모습이 심란해 보였다. 덧니와 부정교합, 충치가 가득한 사람이 입을 벌린 느낌이랄까.

주변을 두리번거리는데 멀리서 한 아주머니가 손전등을 들고 나오고 있었다. 질끈 동여맨 머리, 펑퍼짐한 옷차림 때문에 전체적으로 왜소해 보였다. 담임이 나더러 내리라 하는 것으로 보아 동기 엄마가 틀림없었다. 나는 차에서 내려 동기 엄마에게 꾸벅 인사했다. 고개를 들어 보니 선생님과 먼저 인사를 나누느라 나를 못 본 듯했다.

"아이고, 선생님. 바쁘신데 저희 아들이 속 썩여서 어째요."

"아닙니다. 바람도 찬데 얼른 들어가시죠."

바람은 차갑지 않았다. 5월인데 당연하지 않은가. 담임이 예의상 하는 말을 들으니 전형적인 가정방문이란 게 실감이 났다. 동기 엄마가 같이 들어오라며 손짓하는 것을 마냥 호의로 받을 수 없어 눈치를 보면서 따라 들어갔다.

녀석의 집은 상가 건물의 2층이었다. 식당을 억지로 개조한 듯한 집은 널찍하기는 했지만 거실이나 베란다 같은 공간이 없어서 허전해 보였다. 부엌인지 홀인지 모를 비효율적인 공간을 중간에 두고 방 두 개가 따로 있을 뿐이었다. 어디로 들어가야 할지 몰라 서 있었더니 동기 엄마가 맞은편을 가리켰다.

"저기가 동기 방이에요."

방에 들어서자마자 퀴퀴한 향이 코를 찔렀다. 책 냄새와

땀 냄새, 낡은 방의 냄새가 섞인 듯했다. 단순한 구조 때문에 방이 한눈에 들어왔다. 책상과 책장, 옷과 이불을 넣어 두는 장롱 말고는 아무것도 없는 방. 잡동사니가 하나도 없는 게, 마치 언제든 떠날 준비가 되어 있는 사람이 잠시 묵는 여관방 같은 느낌이었다.

눈썰미 좋은 담임이 책장 구석에 있는 작은 사진첩을 꺼내 들었다. 그러고는 조심스럽게 물었다.

"이분이…… 동기 아버님인가 보죠?"

뒤늦게 사진을 봤는데 40대 중반쯤 되는 남자 독사진이었다. 동기의 30년 후 모습이라고 해도 믿어질 만큼 닮았다. 그런데 보통은 독사진보다 가족사진을 놓지 않던가? 그때 침묵을 지키던 동기 엄마가 말했다.

"동기가 아빠를 무척 좋아했어요."

표현이 과거형인 게 마음에 걸렸지만 차마 물어볼 수 없어 담임을 쳐다봤다. 그러자 담임이 점잖게 말했다.

"아버님 돌아가셨잖아."

동기에게 형제자매가 있는 것 같지도 않고, 그렇다면 엄마와 단둘이 사는 건가? 짝꿍이면서 여태껏 이걸 몰랐다니. 나도 지금은 엄마와 둘이 살지만, 아버지를 여읜 동기와는 상황이 다르다. 동기 엄마가 설명을 보탰다.

"오래된 일은 아니에요. 동기가 고등학교 입학하기 직전이었으니까."

"아……."

담임과 내가 동시에 탄식 섞인 호응을 했다. 동기 엄마는 기억에 젖은 듯 바닥을 지긋이 내려다보며 말했다.

"그래도 동기 다 큰 거 보고 가서 다행이죠. 애 아빠가 가기 전에 동기하고 대화를 많이 나눴어요. 동기가 아직도 그걸 잊지 못하는 것 같아요."

죽음이라는 단어가 주는 진지함 때문인지 방 안이 무거운 정적으로 가득 찼다. 담임이 눈치를 보다가 힘겹게 입을 열었다.

"어머님, 그 뒤로 생활은 잘되세요?"

나는 집 안을 살펴보고도 이런 질문을 하는 담임이 이해되지 않았다.

"애 아빠가 보험 들어 놓은 게 있어서 아주 어렵지는 않아요. 그래도 돈은 벌어야 해서 일을 해요. 집은 씀씀이를 줄이려고 저렴한 방을 찾다 보니 여기로 오게 된 거예요. 제가 늦게까지 일하느라 동기 뒷바라지를 못 해 줘서 미안하죠."

동기 엄마는 허름한 집이 신경 쓰이는 눈치였다. 담임은 그제야 자신의 질문이 부적절했다는 걸 느꼈는지 만회하려고 동기 얘기를 꺼냈다.

"왜요. 기특하게도 동기가 혼자서 아주 잘하고 있는걸요. 작년에 성적도 많이 올라갔잖아요. 전교생이 다 부러워해요."

동기 엄마는 잠시 웃는 듯했지만 크게 개의치 않는 표정이었다. 우리 엄마가 담임에게 이런 말을 들으면 기분이 붕붕 떠서 하늘을 날아다녔을 텐데.

"그러면 더 잘해야 하는데, 이번 일로 걱정 끼쳐 드려서 정말 죄송해요. 제가 의심도 없이 돈까지 쥐여 준 게 문제였어요."

드디어 본론인 가출 이야기로 넘어왔다.

"체험학습 신청서에 도장 찍어 주셨기에 짐작했습니다만, 돈까지 줬다고요?"

"네. 20만 원이요. 더 준다고 했는데도 안 받더라고요. 친구가 있다면서."

그 친구로 나를 지명했다니 섬뜩하다. 담임은 궁금한 걸 계속 물었다.

"고3은 공부하는 시기라 체험학습 같은 건 잘 안 가거든요. 그런데 왜 신청서에 도장을 찍어 주신 겁니까?"

"동기가 제 아빠 살아 있을 때처럼 매년 봄마다 여행을 갔어요. 작년이랑 재작년에는 부산에 있는 사촌 형이랑 다녀왔고요. 올해는 사촌 형이 취업 준비 중이라 못 간다고 하더니 친구랑 같이 간다더라고요.”

“아, 그게……."

내가 해명하려고 하자 담임이 새치기를 했다.

“고3인데 왜 안 말리셨습니까.”

담임의 어조는 격앙되어 있었다. 대한민국 고3의 현실을 모르냐는 식의 추궁 같았다. 동기 엄마에게 물은 건데 이상하게 내 기분이 나빠졌다. 고3은 무얼 해도 말려야 한단 말인가.

“물론 말리고 싶었죠. 그런데 동기가 작년 봄 여행을 다녀와서는 갑자기 공부를 열심히 하기 시작하는 거예요. 그랬더니 아시는 대로 성적이 그렇게나 올라갔어요. 그러니 제가 막을 명분이 있나요. 다녀와서 열심히 하겠다는데.”

“어쨌든 거짓말을 하고 나가지 않았습니까.”

추궁과 질문의 경계선에서 아슬아슬하게 외줄 타기 하는 담임의 말에 나도 동시에 긴장했다. 동기 엄마는 한숨을 푹 쉬었다.

“그랬죠. 신청서도 접수됐고 일행이 있으니 걱정 말라며 친구 번호를 들이미는데 어떻게 안 믿어요. 저도 동기가 이런 일로 거짓말하는 건 처음이라……."

나는 기다리다 못해 한마디 했다.

“이럴 줄 알았으면 저도 제 번호 안 알려 줬을 거예요.”

둘의 시선이 내게 모였다. 나는 기회를 놓치지 않고 준비한 변명을 늘어놨다.

"지난주에 동기가 느닷없이 연락처를 달라는 거예요. 앞으로 공부 같이하자면서. 그래서 적어 준 것뿐이에요."

거짓말이 옳지 않다는 것은 안다. 하지만 거짓말은 동기가 먼저 시작했다. 나도 누명을 벗으려면 어쩔 수 없다. 동기 엄마는 내 말을 금방 믿는 눈치였다. 나는 담임의 얼굴을 한번 살피고는 그동안 봐 왔던 녀석에 관해 설명했다.

"동기가 요즘 자주 지도를 보면서 생각에 잠겨 있었어요. 아마 여행 코스를 짜고 있었던 것 같아요. 지도에 최단 거리 루트 같은 걸 계속 표시하던데요."

담임이 끼어들었다.

"자기가 운전해서 다닐 것도 아니면서 그런 루트는 왜 짜?"

동기 엄마가 대답했다.

"아니에요, 선생님. 동기, 자전거 가지고 나갔어요."

"네? 남해안을 돌겠다는 녀석이 자전거를 타고 갔다고요?"

담임이 나보다 더 놀란 눈치였다. 간밤에 동기는 고흥에 있다고 했다. 왜 거기까지 갔나 했더니 목적이 남해안 일주였나 보다. 담임은 체험학습 신청서를 봤으니 아는 걸 테고. 내가 알기로 여기 대전에서 고흥까진 적어도 200킬로미터가 넘는다. 우리나라 땅덩이가 아무리 좁다지만, 이 미친놈이 무슨 견적으로 자전거를 끌고 갔는지 나로서는 알수가 없다.

"또 가지고 나간 건 없습니까?"

"카메라요. 원래 남편이 썼던 물건이에요."

나도 그 카메라를 본 적 있다. 녀석은 저녁 식사 후에 커다란 카메라를 들고 밖으로 나가는 일이 잦았다. 카메라가 너무 낡았다 싶었는데 그런 사연이 있던 것이다. 나는 쐐기를 박듯 말했다.

"동기는 저한테 계획을 일절 말해 준 적 없었어요. 물어봐도 안 알려 주던데요. 그런데 제가 같이 간다고 했다니, 말이 안 돼요."

난 일부러 담임을 쳐다봤다. 담임은 내 눈길을 외면했다. 아마 날 몰아붙인 게 찔렸거나 인정하는 게 자존심 상해서 그럴 것이다. 동기 엄마가 우리 눈치를 살피며 휴대폰을 꺼내 들었다.

"동기가 어젯밤에 문자를 보내왔어요."

그러면서 메시지를 보여 주었다.

[Web발신]
학교에서 안 받아 줘서
그냥 나왔어.

나는 잘 지내고 있으니

돌아갈 때까지 걱정하지 마요.

간략하면서도 용건에 충실한 문자였다. 발신 번호는 동기네 집 전화번호라고 했다. 'Web발신'이라고 적힌 걸로 보아 컴퓨터에서 문자 전송 프로그램으로 보낸 듯하다.

"이 문자 보고 그나마 잠을 잤어요. 어제 선생님께 연락받고 얼마나 걱정되던지."

담임은 뭐라 할 말이 없는 듯 조용히 한숨만 쉬었다. 동기 엄마가 날 보며 애원하듯 말했다.

"학생, 의심해서 정말 미안해. 나중에 부모 되면 내 심정알 거야. 그리고 학생이 아들 같아 그러는데, 부탁할게. 혹시 동기랑 연락되거든 꼭 알려 줘."

순간 뜨끔했다. 벌써 동기가 어젯밤에 전화를 걸어왔기 때문이다. 이걸 얘기해야 하나 고민이 됐지만 말하지 않았다. 동기 엄마의 감정 폭풍을 받아 줄 자신이 없었다. 나는 일부러 태연한 표정을 지었다.

"알았어요."

담임과 동기 엄마가 시시콜콜한 말 몇 마디를 더 나누고 나서야 가정방문이 끝났다. 담임이 집에 들어가시라고 손사래를 쳐도 동기 엄마는 기어코 주차한 곳까지 배웅 나와

캔 커피를 건넸다. 그러나 담임은 기어코 거절했고, 동기 엄마는 그 캔을 내게 주며 또 다른 부탁을 했다.

"동기 짝꿍이라 했지? 학교에서 동기 좀 잘 돌봐 줘. 애가 말수가 줄어 걱정이야. 왕따당하진 않을까, 괴롭힘을 당하진 않을까. 학생이 듬직해 보여서 그래."

"아주머니, 제 코가 석 자인데요. 우리가 중딩도 아니고 왕따 놀이를 할 만큼 한가하지도 않고요." 이렇게 말하고 싶었지만, 알았다고 대답할 수밖에 없었다. 동기 엄마는 동기가 얼마나 '차도남'인지 깨달을 필요가 있다.

차가 골목길을 돌았다. 동기 엄마가 백미러에서 사라졌을 때쯤 담임이 말했다.

"저런 엄마를 두고 가출이라니. 동기 이 새끼, 천하의 나쁜 놈이야."

5.
뜻밖의 선물

학교로 돌아오니 밤 9시가 훌쩍 넘었다. 얼마 남지 않은 야자 때문에 교실로 다시 들어가는 게 의미 없을 것 같아 주차장에서 내리자마자 학교 건물을 빙 돌아 밖으로 걸어 나왔다. 나름 소심한 땡땡이였다. 운동장 옆으로 거무죽죽하게 둘러선 소나무 길을 지나 비석 같은 교문을 벗어나니 숨이 트였다.

과외 수업까지는 아직 한 시간이나 남았다. 시간에 쫓기지 않고 한가롭게 밤길을 누비는 기분이 괜찮았다. 이대로라면 한 시간이고 두 시간이고 정처 없이 걸어도 재미있을 것 같았다. 나도 고3병에 걸린 걸까. 그저 걷는 것뿐인데 이렇게 즐겁다니. 공부 대신 벽을 쳐다보고 있는 게 더 좋다는 철호가 떠올라 웃음이 나왔다.

진짜로 공부만 아니라면 뭐든 흥미롭고 새롭게 다가온다. 나만 그런 게 아니다. 반 친구들도 실없는 농담에 깔깔대기 다반사였고, "내년에는, 내년에는." 하며 지껄이는 미래 놀이가 전염병처럼 퍼져 있었다. 현재가 없는 상태. 그게 바로 우리였다.

집에 들어왔다. 공부방에서 영어 선생이 대기 중이었고 엄마는 간식을 준비하고 있었다. 겉으로만 보면 안정적이고 부족할 것 없는 우리 집이다. 그런데 나는 왜 이 공간이 전혀 편하지 않은 걸까.

편하지 않은 영어 과외가 끝나고 엄마의 날카로운 일과 심문이 끝난 뒤에야 씻고 내 방으로 올 수 있었다. 엄마가 동창회에 다녀왔는데 같은 고3 자녀를 둔 친구와 얘기하다 근심만 생겨 돌아온 모양새였다. 거기에 대고 야자를 하다 말고 동기네 집에 다녀왔다는 말은 꺼낼 수 없었다. 사실 엄마는 동기가 누군지도 모른다.

새벽 1시. 비로소 혼자 방에 있는 시간이 되었다. 원래 사회, 과학을 공부하기로 한 시간이지만 제대로 실천한 경우는 드물다. 이 시간이 되면 졸리기도 하고 솔직히 내가 공부하는 기계는 아니니까. 간식 통에서 초콜릿 두 개와 캐러멜 하나를 꺼내 먹고 휴대폰으로 잠시 인터넷을 즐겼다. 제일 먼저 눈에 띈 모 연예인의 열애설, 그다음에는 커뮤니티에 올라온 유머 글을 읽었다. 한두 개만 읽는다는 게, 더 읽을거리가 없어 입맛을 쩝쩝 다실 때까지 보고 말았다.

메일함에는 오랜만에 숫자 1이 떠 있었다. 들어가 보니 섬뜩한 이름이 보였다.

천둥기

이름 석 자만 봤을 뿐인데 녀석을 직접 대면이라도 한 것처럼 철렁했다. 제목은 '선물'. 발송 시각이 '05-09(월) 20:43'인 걸 보니 공교롭게도 내가 녀석의 집에 있을 때 보낸 것 같았다. 이 녀석, 무슨 용건일까. 곧장 메일 내용을 확인했다.

본문에는 점 하나만 찍혀 있었다. 철저히 녀석다운 편지다. 대신 압축한 파일이 첨부되어 있었다. 휴대폰으로는 파일이 열리지 않아 순간 멈칫했다. 어떤 내용인지 확인하려면 거실에 있는 컴퓨터를 몰래 켜야 했다. 엄마가 깨어 있을지도 모르는데 어떡하지?

고민한 지 3분 정도 되었을까. 결국 나는 발끝으로 살살 걸어 거실로 나왔다. 내용을 확인하지 않으면 잠이 오지 않을 게 분명했다. 불은 모두 꺼져 있고 안방에선 아무 소리도 들리지 않았다. 나는 컴퓨터 전원 버튼을 조심스레 눌렀다.

위이이잉.

오늘따라 부팅 소리가 유난히 크게 들린다. 조마조마해서 손바닥에 땀이 맺혔다. 바지에 쓱 문지르고는 이메일에 로그인하기 위해 조심조심 키보드를 눌렀다. 곧바로 첨부 파일을 내려받고 압축을 푸니 그 안에 네 개의 폴더가 있었다. 0505, 0506, 0507, 0508. 날짜별로 정리된 폴더를 순서대로 열어 보니, 그 안에는 사진 파일이 열 개 정도씩 들어 있었다. 나는 맨 위에 있는 파일을 더블클릭했다.

"······."

사진을 보고 잠시 멍해졌다. 화면 위로는 하늘과 바다의 경계가 없는 망망대해가 펼쳐지고, 아래는 바위섬 하나가 우뚝 자리 잡고 있었다. 섬 위엔 구불구불 굳건히 자란 해송 세 그루가 서로 벗 삼아 끝없는 바다를 바라보고 있었다. 쪽빛, 청록빛, 초록빛 총천연색이 벽까지 번지는 느낌에 나는 숨 쉬는 것조차 잊었다.

모니터에서 넘쳐흘러 나올 듯이 생생한 다음 사진들도 유심히 살펴보았다. 언덕 위에서 멀리 항구 마을을 내려다

본 사진도 인상 깊었다. 인간이 만든 건물과 가늘게 뻗은 도로, 연안에 떠 있는 배들이 모두 장난감같이 보였다. 거대한 산과 바다로 둘러싸인 인간 세계가 이렇게 왜소해 보일 줄이야. 내가 이런 세상에서 잘 살아 보려고 이토록 아등바등 공부하고 있는 걸까.

가장 인상적인 사진은 해 질 녘의 등대 모습이었다. 등대가 불그스름한 노을 아래 땅끝에서 외롭게 반짝이고 있었다. 주변의 산은 검게 변하고 드넓은 바다도 빛깔을 잃었지만 등대의 빛만은 찬란했다. 그 영롱한 빛은 언제까지나 남아서 길을 몰라 헤매는 배에게 구원의 손길을 베풀 것만 같았다. 인생에서 노을이 질 무렵에 너도 저런 빛을 낼 수 있겠어? 동기가 사진으로 내게 묻는 듯했다.

혼이 나간 듯 다음 폴더의 사진을 클릭했다. 호젓한 옛날 초가집과 돌담길이 눈에 들어왔다. 초가집 옆에 놓인 장독대가 분홍 물이 짙게 든 영산홍과 어울려 편안한 느낌을 주었다. 모든 고민 따위는 잊고 그저 바라만 봐도 좋을 풍경이었다. 그런데 순간 뒤에서 인기척이 느껴졌다.

"흐음……."

엄마가 팔짱을 끼고 나를 노려보는 중이었다. 나는 귀신이라도 본 것처럼 놀라 자빠질 뻔했다. 엄마의 매서운 눈빛이 내 멱살을 잡고 고즈넉한 남해안에서 각박한 현실로 끌어다 놓았다. 나는 아무 변명이라도 늘어놓아야 했다.

"공부하다 잠깐 보는 거야."

어련하시겠냐는 눈빛, 나는 엄마에게 신뢰받고 있지 못했다. 더 이상의 설명은 무의미했다. 이어질 패턴은 누가 이 시간에 컴퓨터 하랬니, 거실로 컴퓨터 옮겼는데도 그 버릇 못 고쳤니, 도대체 언제 정신 차릴래 순일 것이다.

"……많이 힘든가 보네."

예상과 달리 엄마의 첫마디는 놀라웠다. 엄마는 모니터 속 사진을 응시하고 있었다. 아늑한 시골 풍경에서 엄마도 뭔가를 느끼는 것일까. 나는 엄마의 비위를 맞추려고 먼저 일어나 컴퓨터를 정리했다. 그런 나를 물끄러미 바라보던 엄마가 뒤통수에 대고 말했다.

"컴퓨터 비밀번호 바꿀 거야."

역시……. 그냥 넘어가면 우리 엄마가 아니지. 나는 한숨을 푹 쉬며 내 방으로 들어왔다. 흰 벽을 쳐다보니 방금 본 사진의 잔상이 아른거렸다. 동기가 보낸 사진이 엄마의 태도마저 미묘하게 바꿨다는 게 신기했다.

아침은 개운했다. 동기의 사진을 본 뒤로 간식을 하나도 먹지 않은 덕분이었다. 습관적으로 간식을 먹곤 했는데, 웬일로 당기지 않았다. 잠들기 전에 목표한 과학 공부를 끝내는 놀라운 경험도 했다. 자연히 침대에서 불안을 몰아내는 주문도 반복할 필요가 없었다. 이게 녀석이 보낸 사진 때문이라면 지나친 비약일까.

성균이가 내게 동기네 집 다녀온 소감이 어떠냐고 물었다. 그러자 용대와 철호를 비롯한 몇몇이 내 자리로 몰려들었다. 다들 동기에 대해 관심이 많았던 모양이다.

나는 소감을 말하기보다 현재 녀석이 보고 느끼는 세상의 모습을 보여 주기로 했다. 동기가 분명 어젯밤 보낸 사진으로 학교에 안부를 전해 달라 했기 때문이다. 마침 쉬는 시간이기도 하고 국어 선생이 사용한 교탁 위 컴퓨터도 아직 화면보호기가 작동하지 않은 상태였다. 나는 동기가 보내 준 것이라 밝히고 풍경 사진을 모니터에 띄웠다.

"우와, 씨발!"

"이 새끼 이런 데서 신선놀음하고 있었어?"

"여기 대체 어디야?"

애들의 반응은 예상보다 격했다. 벽만 봐도 즐겁던 철호는 풍경을 보고 아예 눈이 돌아가 버린 모양인지 자신의 감상을 끊임없이 육두문자로만 표현하고 있었다. 그 덕에 더 많은 애들이 몰려와 어느새 교탁 컴퓨터를 반원으로 빙 둘러싼 형국이 되었다. 때마침 반장이 컴퓨터에 연결되어 있는 텔레비전을 켜 주었다. 애들은 더 큰 화면으로 남해안 풍경을 감상할 수 있었다. 교실은 조용했다. 나는 천천히 화면을 넘겼다고 생각했는데, 여기저기서 빨리 넘기지 말라며 성화를 부렸다. 그렇게 반쯤 봤을 때 한 녀석이 외쳤다.

"야, 쌤 온다!"

동시에 일사불란하게 컴퓨터의 창을 닫고 텔레비전과 모니터를 끄고 제자리에 앉았다. 이 모든 게 10초도 안 걸렸다. 담임이 교실로 어슬렁어슬렁 걸어오는 동안 성균이가 감탄인지 따지는 건지 알 수 없는 목소리로 물었다.

"동기가 왜 너한테만 사진 보내 주는 건데?"

"와, 힐링 대박."

용대는 숫제 입을 다물지 못했다. 그 때문에 양 턱에 서식하는 여드름 은하수가 더욱 늘어져 보였다. 어젯밤에 내가 받은 느낌이 틀린 게 아니라는 안도감이 들었다. 웅성거리던 소리는 앞문이 드르륵 열리며 완전히 사그라들었다.

"차렷, 선생님께 경례!"

"열심히 공부하겠습니다."

학생들 목소리가 교실을 진동시킨 뒤에야 수업이 시작되었다. 담임은 방금까지의 분위기를 전혀 눈치채지 못한 듯 칠판 왼쪽에 덤덤히 수업 목표를 적었다. 그러고는 수업 내용과 전혀 다른 얘기를 꺼냈다.

"이 중에 천동기랑 연락되는 사람?"

몇몇 녀석이 나를 쳐다봤다. 방금까지 동기가 보내온 사진을 보여 줬던 까닭이다. 나는 애써 외면하고 있었다. 그러자 내 마음을 읽은 성균이가 담임에게 툭 뱉었다.

"걔 휴대폰 없어서 아무하고도 연락 안 될 텐데요."

담임이 훌렁 벗어진 이마를 신경질적으로 만지며 쏘아붙였다.

"그거로만 연락하냐, 인마? 엽서나 이메일도 있잖아!"

심장이 쿵쿵 뛰기 시작했다. 누군가 솔직하게 불어 버리면 어떡하지? 침묵이 이어진 몇 초가 몇 분처럼 느껴져 아무하고도 눈을 마주칠 수가 없었다. 교실은 다행히 잠잠했다. 담임이 까랑까랑하게 말했다.

"어제 동기네 집에 다녀왔는데, 가출 그거 정말 사람으로서 할 짓이 아니다. 부모 가슴에 대못 박는 짓이야."

누군가 침을 꿀꺽 삼키는 소리가 나한테까지 들렸다.

"우리 반 1등이라는 놈이 지금 정신 못 차리고 있는데, 집 나가면 개고생이란 거 절실히 깨달을 거다. 수능이 200일도 안 남았는데 얼간이가 아니면 못 할 짓이지. 어디서 못된 걸 배워 가지고 학교 망신을 시켜!"

담임 목소리가 어제 동기 엄마와 대화할 때와 너무 달랐다. 이중인격이 아닌가 의심이 들 정도였다. 경각심을 일깨워 주려고 한 소리겠지만, 방금까지 동기의 남해안 사진을 봤던 학생들은 별 반응을 하지 않았다. 담임은 가라앉은 분위기를 끌어올리려고 목소리를 누그러뜨렸다.

"너희들은 신경 쓸 거 하나도 없어. 다른 생각 말고, 지금처럼 열심히 공부하면 된다. 그게 진정한 효도야."

이 말 역시 모두의 호응을 이끌어 내진 못했다. 성균이는 나에게만 들릴 정도로 자기한테 사진을 보내 달라 요청했고, 용대는 아까부터 계속 무슨 생각을 하는지 입만 헤벌리고 있었다. 어찌 됐든 이메일로 날아온 동기의 사진이 우리 반에 센세이션을 일으킨 건 틀림없었다.

우리가 수학의 난제에서 헤매고 있을 때, 녀석은 남해안을 실컷 누비고 있을 것이다. 마침 오늘 날씨도 약 오를 만큼 화창하고 하늘엔 구름 한 점 없었다.

뭔가 손해 보는 기분이었다.

6.
녀석의 부탁

정해진 일과를 두 번 돌아 목요일이 되었다. 다른 건 변함이 없었지만 우리 반은 비공식 일과가 하나 늘었다. 그것은 1교시 수업이 끝나자마자 교탁 컴퓨터로 전날 동기가 보낸 사진을 감상하는 일이었다. 매점으로 빠져나가는 몇 놈을 제외하고는 대부분 넋을 잃고 남해안의 모습을 바라봤다.

그저께부터 동기가 매일 밤 '선물'이란 제목으로 이메일을 보내왔는데, 그 안에는 20~30장의 사진이 첨부되어 있었다. 파일명은 지역 이름이었는데, 그저께는 '순천', 어제는 '여수'였다. 첫날 보낸 파일에 해남 땅끝마을과 보성 녹차밭 사진이 있었으니까, 아무래도 동기는 남해안을 서에서 동으로 횡단하고 있는 것 같았다. 자전거를 타고 하루에 한 도시씩 여행한다니…… 힘들 것 같기도 하고 한편으론 부럽기도 하고, 뭐라 한마디로 표현할 수 없는 느낌이 들었다.

지금은 교실에서 여수의 풍경 사진을 보는 중이다. 엄마가 컴퓨터 비밀번호를 바꿔 버리는 바람에 이메일이 왔다는 것만 확인했을 뿐, 사진을 보는 건 나도 처음이었다. 파일을 넘기다 말고 멍하게 있었더니 빨리 다음 사진을 보여 달라는 성화가 봇물을 이뤘다.

애들은 특히 여수의 밤바다 풍경에 열광했다. 그리스의 산토리니 섬처럼 바닷가 너머 언덕이 있고, 그 위로 오밀조밀한 집들과 형형색색의 빛이 조화를 이뤘는데, 깜깜한 밤이라 마치 마을이 하늘에 떠 있는 것 같았다. 이 사진이 가장 인기가 좋았다. 시가지에 해안과 섬을 잇는 큰 다리가 있고, 무지개 빛깔처럼 빛나는 화려한 기둥이 도시를 장식한 사진에도 반응이 상당했다. 여수 풍경에 현혹되지 않고 공부에 집중하려고 이어폰을 낀 학생들도 어느새 힐끔힐끔 쳐다보고 있었다.

내가 가장 감명 받은 사진은 어느 항구의 일몰 풍경이었다. 화려한 조명도 없고 허름해 보이는 항구에 이제 막 일을 마치고 돌아온 듯한 노인이 피곤에 절어 고개를 숙이고 있었다. 그 뒤로 부두에서 젊은 연인이 일몰을 배경 삼아

깜찍한 포즈로 사진을 찍고 있어 노인과 먹먹한 대비를 이루고 있었다. 나는 이 사진에서 넋을 잃고 말았다. 그 바람에 가장 열광적으로 사진을 보던 철호에게 "빨리 넘기라고 새꺄!"라는 말을 들었다. 다른 애들은 별 느낌이 없었던 모양이다.

성균이는 오늘도 내게 동기의 근황을 물었다. 솔직히 메일 본문에는 항상 온점 하나가 전부였으므로 나는 알 턱이 없었다. 성균이가 내 말을 전혀 믿지 않는 눈치라, 동기의 메일을 그대로 보여 주어야만 했다. 동기는 오직 사진으로만 소식을 전해 왔다. 남해안 풍경이 반 친구들에게 활력소인 건 분명했다. 여태껏 담임에게 일러바친 애가 아무도 없는 걸 보면.

오늘은 동기가 가출한 지 7일째, 학교에 나오지 않은 지는 나흘이 됐다. 평범한 놈이 가출해도 시끌시끌할 판에 전교 순위를 다투는 우등생이, 그것도 고3이 5월에 집을 나간 건 우리는 물론이고 선생들에게도 반향을 불러일으켰던 모양이다. 수업 들어오는 선생마다 동기 이야기를 빼먹는 법이 없었다.

국어 선생은 모의 지문에 나온 정지용의 시를 읊다가 "아아, 동기 늬는 산새처럼 날러갔구나!"라고 말해 반 전체를 폭소의 도가니로 빠뜨렸다. 나는 솔직히 안 웃긴데 다들 깔깔대니 어쩐지 내가 이상한가 싶었다. 성균이가 "총애하는 동기를 잃은 국어 선생님의 슬픔이 고스란히 드러난 시."라고 해석해 한 번 더 웃음바다가 되었다.

국사 선생은 임진왜란 전후의 국제 정세를 요약 설명하다 말고 동기의 이야기를 끌어왔다.

"니들은 동기가 역사 인물 중에 누굴 닮았다고 생각하냐? 내가 보기엔 성적으로 교내를 평정하고 학교 바깥으로 야욕을 드러낸 도요토미 히데요시 같은데."

하지만 이 말엔 아무도 웃지 않았다. 그때 동기의 사진에 푹 빠진 철호가 손을 들었다.

"제가 볼 때는 혼자 바다로 나간 이순신 같은데요."

국사 선생의 와이셔츠 단춧구멍만 한 눈이 동그랗게 커졌다.

"네놈은 동기가 영웅으로 보이냐? 너도 가출하지 그래!"

학생부장을 맡은 국사 선생답게 매섭게 쏘아붙였다. 그 위협적인 목소리에 다혈질인 철호조차 기가 꺾여 대꾸를 못 했다.

지구과학 선생은 별과 천체에서 태양계 부분을 설명하다가 기어이 동기 이야기를 끄집어냈다.

"행성이 말이야, 궤도를 벗어나려 하면 어떻게 되는지 알아? 일단 엄청난 가속도가 필요해. 그러면 무슨 일이 벌어질 것 같냐? 가속의 힘을 견디지 못하고 지각부터 파괴돼서 결국 행성이 산산조각이 나 버려. 시작도 못 하고 끝나는 셈이지. 내가 볼 때는 동기가 딱 그짝이다. 잘하던 녀석이 겉멋 들어 가지고는…… 불쌍한 놈."

선생들은 동기를 안타까워하거나 괘씸하게 보는 모양이지만, 우리 반에서는 사진을 본 뒤로 동기를 불쌍하다고 여기는 애가 없었다. 우리는 동기가 더 많은 사진을 보내오길 은근히 바랐다. 다만 대놓고 응원하지 못할 뿐이었다.

다음 날, 과외 없는 금요일이 되어서야 엄마가 컴퓨터 비밀번호를 풀어 주었다. 나는 미친 듯이 인터넷의 바다에 뛰어들었다. 폰 데이터가 부족해 보지 못했던 웹툰, 프로야구 하이라이트, 유머 동영상을 차례로 감상했다. 엄마가 일찍 자라는 말을 남기고 방에 들어갔는데, 시계를 보니 이미 12시가 다 되어 있었다.

이메일에 로그인을 하니 동기에게 또 편지가 와 있었다. 나는 첨부한 압축파일을 즉시 내려받았다. 그동안 학교에서 급하게 보느라 제대로 감상하지 못했던 사진을 모처럼 혼자 조용하게 볼 기회였다. 나는 품평이라도 하듯 다리를 꼬고 앉아 20여 장의 사진을 찬찬히 살폈다.

폴더 제목은 '남해'. 지도를 보니 여수 옆에 있는 섬이었다. 흔들렸거나 초점이 흐린 사진은 하나도 없었다. 아무거나 막 보낸 게 아니라 동기가 나름 엄선해서 보낸 듯했다. 남해는 어제 봤던 여수와는 또 달랐다. 섬이라서 바다만 있는 줄 알았는데 산에서 내려다본 남해의 모습이 압권이었다. 굽이굽이 휘돌아 치는 산세와 그 위로 살포시 앉은 안개가 지상을 가려 주니 아래가 물인지 땅인지 모호해 마치 신선 세계 같았다. 동기는 어떻게 이런 포인트를 잡아낸 걸까.

가장 눈길을 사로잡은 것은 공교롭게 또 석양 무렵 사진이었다. 어부로 보이는 서너 명이 그물을 잡고 있었는데, 그 위에 멸치로 보이는 것들이 잔뜩 튀어 오른 걸로 보아 그물을 터는 듯했다. 그 주변으로는 뭔가 얻어먹을 게 없나 구경하는 갈매기 떼 모습이 생생히 담겨 있었다. 배와 그물, 멸치와 갈매기가 석양에 어우러져 사람과 자연이 소통하는 단면이 그림처럼 나타났다.

나는 입맛을 쩝 다셨다. 이게 마지막 사진이었기 때문이다. 녀석은 내일 어디로 향할까. 모든 걸 내팽개치고 혼자 떠난 것에 대한 부담과 두려움은 없을까. 나라면 상상도 못할 일을 감행한 동기의 머릿속이 궁금했다.

허전한 마음에 다시 인터넷 아이콘을 더블클릭했다. 포털사이트 메인에 뉴스 기사들과 함께 여러 배너광고가 현란하게 움직였다. 내일이 주말이어도 아침 일찍 독서실에 가려면 지금 자야 한다. 하지만 머리와 손가락은 따로 놀았다. 하릴없이 스포츠 헤드라인을 훑어보고 있는데, 검색창 밑에 있는 배너에 '사진 공모'라는 글귀가 번쩍거렸다.

순간 동기가 보내온 사진은 어디에 출품해도 손색이 없다는 생각이 들었다. 녀석의 작품은 감동을 주는 무언가가 분명히 있으니까. 사진에 문외한인 내가 그게 뭔지 제대로 설명할 수 없다는 게 답답할 뿐이다. 여하튼 철호를 비롯해 친구들의 반응만 봐도 내 생각이 틀리지 않다는 것은 분명히 알 수 있었다.

나는 호기심에 '사진 공모' 배너를 클릭했다. 들어가 보니 사이트 전체가 시원한 바닷가 사진으로 디자인되어 있었다. 정식 명칭은 '제5회 한국해양사진 공모대전'이었다. 나도 모르게 탄성이 나왔다. 지금 동기가 찍는 남해안 사진이야말로 이 공모전에서 요구하는 주제와 맞아떨어지기 때문이다. 게다가 대상 상금이 무려 300만 원이고, 그 아래 금상, 은상, 동상에도 상금이 있었다.

나는 수상작 코너로 들어가 작년에 입상한 사진들을 살펴봤다. 해 뜰 무렵, 바다에 긴 장대가 잔뜩 꽂혀 있고 그 사이에 초록 이끼 같은 것이 낀 사진이 대상이었다. 이게 무슨 뜻인가 싶어 제목을 보니 '세월의 선물, 매생이'였다. 매생이라면 김 같은 걸 말하는 건가? 전체적으로 운치는 있었지만 이 사진이 왜 상을 받았는지 바로 수긍이 가지 않았다. 금상, 은상, 동상을 받은 사진도 봤는데 동기가 보낸 사진보다 느낌이 강렬한 건 별로 없었다. 내가 사진에 대해 잘 몰라서 그런가? 무슨 기준으로 뽑는지 알기가 어려웠다.

동기에게 출품을 권해야겠다는 생각이 들었다. 그런데 맙소사…… 공모 기한이 5월 12일 금요일, 바로 오늘까지였다. 지금 시각이 11시 43분이니까 사이트가 닫히는 시간까지 20분도 안 남은 거다. 동기는 휴대폰도 없어서 당장 연락도 안 된다. 그저 한숨만 나왔다.

나는 바로 결단을 내렸다. 일단은 내가 동기의 사진을 보관하고 있으니 대신 출품하는 것이다. 즉시 폴더를 열어 제출할 사진을 세 장 골라냈다. 순수한 내 주관으로 가장 감명 깊었던 석양 사진들이다. 해 질 녘의 외로운 등대, 황혼의 항구에 대비되어 나타난 노인과 연인, 멸치털이를 하는 어부와 석양에 검게 그을린 갈매기들. 출품 제목을 '석양 그리고 인생살이'로 정하고 공모 사이트에 재빨리 업로드를 했다. 이 모든 과정을 마치고 나니 11시 52분이었다.

마지막으로 인적 사항을 입력하려다 난관에 부딪혔다. 출품자의 이름과 연락처는 물론이고 주소와 생년월일까지 적어야 했기 때문이다. 동기의 연락처가 없는 것도 문제지만 녀석의 주소와 생년월일도 알 방법이 없었다. 자정이 되기까지 10분도 채 안 남았기에 나는 더욱 초조해졌다.

동기에겐 나중에 자초지종을 설명하기로 하고, 내 인적 사항을 입력해 버렸다. 졸지에 나를 출품자로 등록한 것이다. 그렇지 않으면 공모 자체가 성립되지 않으니 어쩔 수 없었다. 모니터 화면에 '정상적으로 접수되었습니다. 응모해 주셔서 감사합니다.'라는 문구가 뜨고 나서야 겨우 한숨을 돌렸다. 혹시나 해서 자정이 지나 응모 버튼을 눌러 봤더니 '공모 접수가 마감되었습니다.'라는 시스템 메시지와 함께 창이 강제로 닫혔다. 섬뜩했다. 간신히 세이프인 셈이었다.

우우우웅. 우우우웅.

모처럼 휴대폰이 울린 건 토요일 밤 10시, 독서실에 있을 때였다. 이 시간에 감히 누가 전화질인가 싶어 화면을 들여다봤더니 지역 번호가 055였다. 아는 사람 중에 이런 지역 번호를 쓰는 사람은 없었지만 기시감이 번뜩 들었다. 나는 혹시나 하는 마음에 휴게실로 가서 전화를 받았다.

"여보세요."

"나야."

굵고 허스키해진 목소리의 주인은 역시 동기였다. 지난

번보다 더욱 피로에 절어 있다는 걸 대번에 알 수 있었다. 어쨌건 나는 녀석의 목소리가 반가워서 허세를 부리며 인사했다.

"여, 우리 사진작가님 웬일이야."

동기는 건들거리는 내 목소리에 반응이 없었다. 나는 안부를 물었다.

"잘 지내는 거지?"

그다음 흘러나온 목소리는 멋대가리라고는 없을 만큼 단도직입적이었다.

"돈 좀 빌려줘."

"뭐?"

"돈 빌려 달라고."

이게 닷새 만에 전화해서는 다짜고짜 할 소린가. 녀석은 나더러 공부는 할 만하냐, 사진은 마음에 들었느냐 같은 안부는 일절 묻지 않았다. 인간의 예절 따위는 아예 학교 사물함에 처박아 두고 나온 놈 같았다. 나는 심기가 불편했지만 내색하지 않고 물었다.

"갑자기 돈은 왜?"

"없으니까."

녀석의 오만불손한 화법에 당황하는 건 지난번 통화 때만으로 족했다. 나는 휴게실 커피를 내리면서 일부러 빈정

거렸다.

"너 돈 들고 나갔다며. 20만 원."

"……."

"그거 벌써 홀랑 다 썼냐? 좋은 데서 자고 그랬나 보네."

동기는 여전히 말이 없었다. 나는 커피를 홀짝거리며 녀석을 조금 더 건드렸다.

"돈을 왜 빌려줘야 하는지 모르겠네. 솔직히 네가 나 엿먹인 것도 있고."

"내가 지금 어렵다."

"그게 나랑 무슨 상관인데?"

그러고 나서 5초쯤 침묵이 흘렀다. 남을 도발하는 건 내 성격과 도무지 맞지 않는 일이었기에 이 순간의 긴장감을 견디기란 고문에 가까웠다. 동기가 흐음, 한숨 쉬는 소리만이 수화기를 타고 왔다.

"지갑 도둑맞았어."

그 말에 정신이 번쩍 든 건 나였다. 녀석은 당최 육하원칙에 맞게 한 번에 알아듣게 설명하는 법이 없다. 결국 내가 꼬치꼬치 묻기 시작했다.

"어디서?"

"찜질방."

"카메라는 무사하고?"

"······어."

카메라의 안부를 묻는 대목에서 녀석은 조금 놀란 듯했다. 왜 그런 것까지 신경 쓰냐는 눈치였다. 나도 자존심이 있어서 '네가 보낸 남해안 사진이 우리 반에서 화제다' '매일 새로운 사진을 기다린다'라는 말까지는 하지 않았다.

생각해 보니 녀석은 지금까지 보낸 사진으로 생색을 낼 수도 있었다. 자기 작품의 가치를 스스로 모르진 않을 테니까. 하지만 동기는 그런 걸로 협상하려 들지 않았다. 내 마음에 조금 틈이 생겼다.

"밥은 안 굶었어?"

"남은 동전으로 삼각김밥 사 먹었어."

"언제?"

"아침에."

맙소사. 그럼 그 뒤로 아무것도 못 먹고 종일 자전거를 탔다는 말인가?

"지금 어디야?"

"사천."

경남 사천을 말하는 듯했다. 녀석은 굶는 와중에도 남해에서 사천까지 강행군을 한 게 틀림없다. 녀석을 이대로 두면 필시 무슨 일이 벌어지겠다는 직감이 들었다.

"오늘은 어디서 자?"

"회관."

"회관이라니?"

"마을회관."

"거긴 공짜야?"

"운 좋으면."

회관이라는 생소한 용어를 동기는 매우 익숙하게 말했다. 나처럼 도시에서 나고 자란 녀석이 어떻게 마을회관에 찾아 들어갈 용기를 냈을까?

"잠은 잘 만해?"

"그럭저럭."

마을회관 전화를 빌려서 한 모양인지 동기는 지난번처럼 빨리 끊으려는 기색을 보이지 않았다. 내가 이놈을 상대로 더 캐물어 봐야 얻을 게 없을 것 같아 본론으로 넘어갔다.

"얼마 필요한데?"

"5만 원 정도⋯⋯. 많으면 더 좋고."

내 방 책상 옆에 꽂힌 백과사전 17권 100페이지엔 비상금 10만 원이 들어 있다. 고3이 되면서 쓸 일이 없었지만 언젠가는 필요할지도 몰라 숨겨 둔 돈이었다. 녀석이 갚으리란 확신은 없지만, 나는 크게 인심을 쓰기로 했다.

"계좌번호 불러. 내일 입금해 줄게."

그러자 동기가 갑자기 쿡쿡쿡 웃기 시작했다. 녀석의 웃음소리는 처음 들어 본다. 만화에서만 봤던 의성어 '쿡쿡쿡'. 녀석은 정말 이렇게 표현할 수밖에 없는 소리를 내고 있었다. 뭐가 우습냐고 물어보려던 차에 동기가 말했다.

"나 지갑 없어졌다고. 통장도, 카드도 없고."

"그러면……?"

"네가 여기로 직접 갖다 줘야지."

"뭐? 이 미친놈아!"

마지막 말은 반사적으로 튀어나온 말이었다. 대한민국의 고3을, 그것도 금쪽같은 주말에 왕복 다섯 시간이 넘는 거리를 왔다 갔다 하라니. 상식적인 사고로는 절대 부탁할 수 없는 일이었다.

"너 어차피 공부 안 하잖아."

얼굴이 화끈거렸다. 양적인 걸 말하는 게 아니라 질적인 것을 뜻했기 때문이다. 그동안 동기에게 야자 시간에 제대로 집중하는 모습을 보여 준 적이 별로 없었다. 게다가 한번은 화장실에서 가장 숨기고 싶은 비밀까지 들키고 말았다. 녀석이라면 그런 나의 실태를 한눈에 꿰뚫어 봤을 것이다. 그래도 나는 대한민국 고3로서 저항해야 했다.

"안 돼. 리듬 깨져."

"쿡쿡쿡. 병신."

녀석의 조롱은 나의 초라한 변명을 한 방에 무너뜨려 버렸다. 내가 이렇게 열받은 걸 보면 말이다.

"내가 왜 병신인데?"

"맨날 책상에 앉아 있다고 공부가 잘될 것 같냐? 내일은 때려치우고 바람이나 쐬러 와. 후회하지 않을 만큼 구경시켜 줄게."

어째서 이 녀석의 페이스에 휘말리면 부탁을 받아 주는 내가 더 궁색해지는 걸까. 불가사의한 일이다. 내일은 일요일, 딱히 더 거절할 말을 찾기가 어렵다. 엄마가 알면 큰일 난다는 건 초딩 때나 통용된 변명이다. 어차피 아침부터 저녁까지 독서실에 파묻혀 있을 예정이라, 잘하면 몰래 다녀올 수 있을 것 같았다. 나는 신경질적으로 물었다.

"어디로 가면 되는데?"

"통영. 내일 낮 1시에 시외버스터미널 대합실에서 봐."

통영이라면 지금 녀석이 있는 사천과 꽤 떨어진 곳이다. 동기는 내일 자전거를 타고 그곳까지 오려는 모양이었다.

녀석의 패기에 눌려 결국 약속을 잡고 말았다. 두려움에 가슴이 두근거리기 시작했다. 내가 혼자서 집을 떠나 먼 곳으로 나가 본 적이 있었던가. 남해안은커녕 어디를 혼자 가본 적도 없었다. 지금까지 동기가 보내온 사진이 아니었다면 분명 용기가 안 생겼을 것이다. 사진 속에서 본 풍경을 매일 접하는 동기가 함께한다면 한번 모험해 볼 가치가 있지 않을까.

나는 녀석에게 내 하루를 걸어 보기로 했다.

7.
안부를 묻다 - 통영 1

일요일 아침, 9시 40분 통영행 버스에 몸을 실었지만 마음이 편하지는 않았다. 버스에서 나는 퀴퀴한 냄새가 불편한 느낌을 더욱 증폭시켰다. 외곽도로를 지나 고속도로에 들어설 때까지는 마치 가출이라도 하는 것 같아서 창밖을 쳐다보지도 못했다. 단순히 통영에 다녀오는 것뿐인데 어째서 죄짓는 기분이 드는 걸까. 언젠가 들었던 이야기가 기억난다. 개장에 갇혀서 자란 개는 나중에 땅에 풀어 줘도 뛰지 못한다는……. 지금 내가 그 꼴인가.

동기 엄마가 꼭 연락 달라고 부탁했던 게 기억났다. 하지만 차마 연락하지 못했다. 일이 커질 게 불 보듯 뻔했기 때문이다. 전화를 했다면 동기가 필요로 하는 현금을 내게 잔뜩 쥐여 줬을지도 모르겠다. 하지만 녀석이 그것만은 절대 원하지 않는 게 분명하다. 자기 엄마가 아닌 내게 돈을 빌려 달라 부탁한 걸 보면 말이다.

그나저나 진짜로 걱정되는 쪽은 우리 엄마다. 어찌어찌 설명해서 오늘 점심과 저녁을 모두 바깥에서 해결하기로 하고 만 원을 더 받아 오긴 했는데, 중요한 건 돌아갈 때 공부한 실적이 있어야 한다는 점이다. 주말에 독서실을 다녀올 때마다 엄마는 내가 어디까지 공부했는지 반드시 확인했다. 그래서 지금도 책과 문제집 몇 권을 챙겨 왔다.

고속도로에 들어섰을 때부터 나는 영어 단어를 외우기 시작했다. 문제는 영어 단어 열다섯 개를 외운 다음부터였다. 버스 안에서 국어 지문을 푸는 게 생각보다 어려웠다. 지문을 읽어 내려가는 동안 버스 소음이 거슬리는 건 기본이고, 눈이 침침해지더니 10분쯤 지나서는 토할 것처럼 속이 울렁거려서 견딜 수가 없었다. 나는 결국 문제집을 덮어 버렸다. 네 권을 챙겨 왔는데 하나도 제대로 못 푼 것에 대한 자괴감이 덤으로 따라왔다.

멍하니 창밖을 바라봤다. 방음벽에 둘러싸인 고속도로는 별달리 볼 것이 없었다. 이따금 벽이 사라질 때 보이는 논밭과 야트막한 산이 전부였다. 반복되는 풍경에 흥미를 갖기는 어려웠다. 미지않아 잡생각이 온몸을 휘감기 시작했다. 내가 하루를 날린 사이에 다른 애들은 수능 문제 하나쯤은 마스터했겠지. 나를 제외한 전국 모든 수험생의 수능 점수가 3점이 오르면 어떻게 될까. 그럼 내 등급이 얼마나 떨어지는 걸까. 분명한 건 대학 간판이 바뀌겠지. 그리고 나는 가족들에게 버림받겠지.

부정적인 생각을 차단하려고 고개를 절레절레 저었다. 이것만으로는 소용없었다. 주문을 외우고 싶은데 앞뒤로 사람이 있어 불가능했다. 대신 음, 음, 음 소리로 횟수를 조절해 가면서 불안감을 달랬다. 일곱 번씩 세 번을 했는데도 여전히 불편했다. 그래서 네 번을 더하여 7, 7을 맞췄다. 나도 이게 어이없는 짓인 걸 안다. 하지만 이렇게 하지 않으면 불안해 견딜 수가 없다. 이런 내가 싫다.

통영 버스터미널은 주말이라 그런지 엄청나게 북적거렸다. 대합실에는 내 가방보다 큰 배낭을 짊어진 여행객이 많았다. 외국인도 꽤 있는 걸 보니 관광도시로 유명한 모양이다. 나는 동기 눈에 띄도록 대기 의자 옆에 우두커니 서서 사람들을 구경했다. 깔깔거리는 대학생부터 주름이 자글자글한 노부부까지 다양한 인간들이 내 앞을 지나갔다.

사람 구경이 지루해질 무렵, 누군가 뒤에서 내 등을 툭 쳤다.

"왔냐."

콧수염과 턱수염이 비쭉하게 자라 멋이라곤 찾아볼 수가 없는 녀석, 바로 동기였다. 뿔테 안경을 안 써서 하마터면 못 알아볼 뻔했다. 녀석의 머리는 제멋대로 헝클어져 있었고 목 늘어난 회색 후드티는 우스꽝스럽게 보이면서도 커다란 키 때문에 위압적이었다. 게다가 얼굴을 못 본 열흘 사이 비쩍 말라 광대가 더 튀어나온 것 같았고 그래서 나이가 부쩍 들어 보였다. 일주일만 더 썩으면 확실히 노숙자가 될 것 같은 느낌……. 나는 주뼛거리며 인사를 받았다.

"잘 지냈어?"

그러고는 자연스레 다음 말을 했다.

"얼른 밥 먹어야지."

녀석은 배가 고플 게 분명한데도 크게 호응하지는 않았다. 학교에서도 그랬기에 나는 별 신경을 쓰지 않고 근처에 보이는 김밥집 간판을 따라 들어갔다. 안경을 벗어서 그런지 눈매가 사나워 보이는 동기는 마치 김밥집을 점령하러 들어가는 것 같았다. 그 기세대로 녀석은 라면과 김밥을 시켜 달라더니 내게 한번 먹어 보란 말도 없이 깨끗하게 먹어 치웠다. 나는 입맛이 없어 참치 김밥 한 줄만 깨작거리는 게 고작이었는데 말이다.

"수염은 왜 안 깎냐?"

동기는 라면 국물을 시원하게 들이켠 뒤에 대답했다.

"이게 편해. 괜한 의심도 안 받고."

그 말에 나는 고개를 끄덕였다. 지금의 녀석을 고등학생으로 보기에는 불가능해 보였다. 그런 와중에 콧수염에 묻은 국물을 보니 웃음이 나왔다. 집 나오면 고생이라더니, 동기가 게걸스럽게 먹는 모습을 본 사람은 우리 학교에서 내가 최초일 것이다.

"뭐가 급해서 가출까지 했어. 대학생 돼서 천천히……."

"내가 가출한 걸로 보이냐?"

동기가 내 말을 잘라먹는 바람에 미처 말을 잇지 못했다. 몰골을 보면 확실히 가출한 게 맞는 듯한데, 그리 말하면 녀석이 성낼 것 같아 그만두었다. 동기는 다시 한번 라면 국물을 거나하게 들이켜고는 그릇을 탁 내려놓았다.

"목적과 수단, 돌아갈 계획이 분명한데, 그게 가출이냐?"

괜히 나를 학교 대표로 몰아 다그치는 것 같아 억울했다. 나는 툭 내뱉었다.

"넌 아직 미성년이잖아."

동기가 한쪽 입술을 비쭉이며 웃었다. 소리만 내지 않았을 뿐 나더러 '병신 새끼'라고 말하는 것 같았다. 그러고는 젓가락을 빙글빙글 돌리며 물었다.

"성인의 기준이 뭔데?"

"만 19세가 돼야지."

녀석이 다시 비쭉 웃었다. 내가 뭔가 한참 벗어난 대답을 한 모양이었다. 동기의 콧수염이 실룩거렸다.

"그럼 물어보자. 만 19세 되기 하루 전에 나가면 가출이냐?"

그걸 가출이라고 하면 너무 엄격한 것 같아 말을 못 했다. 동기가 또 물었다.

"나가 있는 도중에 만 19세가 되면 가출이 아닌 걸로 바뀌냐?"

뭘 말하고 싶은 거지? 나는 이번 물음에도 대답하지 못했다. 녀석은 돌리던 젓가락을 갑자기 꾹 쥐었다.

"내가 말야, 대부분의 법과 규칙에는 따르겠는데 성인의 기준, 그건 동의할 수 없어. 그게 나이 먹으면 저절로 획득되는 거냐? 주변에 서른 살, 마흔 살 처먹고도 애보다 못한 인간들이 널렸는데. 이쯤 되면 성인검정능력시험 같은 게 필요할 수도 있어. 학교는 더 웃겨. 체험학습 일수가 제한된 것도 웃긴데, 우리 학교는 내가 고3이라고 열흘 쓰겠다는 것조차 안 받아 줘. 내년엔 내년의 목표가 있기에 난 올해 남해안을 돌아야 했거든. 그게 잘못인가?"

동기가 이렇게나 말을 한꺼번에 많이 하는 건 처음 본다. 녀석은 맹렬하게 자기 생각을 표현했다. 항상 조용하고 말 없던 녀석이 속사포같이 말하는 모습은 꽤 충격적이었다.

나는 한 발 물러서서 객관적인 사실을 말해 주었다.

"어떡하냐. 학교에선 다들 네가 가출한 걸로 규정하는데."

동기는 더러운 쓰레기를 치워 버리듯 손을 휙 흔들었다.

"그러라고 해. 나도 신경 쓰지 않기로 했으니까."

대체 이놈 패기의 근원은 뭐지. 담임을 이 자리에 불러온다 해도 말싸움을 벌일 태세였다. 녀석의 말을 정리해 보면 자기만의 확고한 기준이 있어서 규칙이 자기의 기준과 부합하면 따르고, 그렇지 않으면 자기 식대로 행동하겠다는 거다. 근데 이거 꽤 위험한 생각 아닌가? 나는 그동안 학교에서 이렇게 배우지 않은 것 같은데……. 동기가 휴지로 입을 쓱 훔치더니 벌떡 일어섰다.

"나가자. 구경시켜 줄게."

녀석이 선심 쓰듯 말했다. 그러고는 계산대에 눈길도 주지 않고 커피를 뽑아 밖으로 나가 버렸다. 이젠 녀석의 뻔뻔한 태도에 익숙해질 때도 됐는데 번번이 당황스러운 건 사실이었다.

밥값은 만 원이었다. 엄마가 준 만 원짜리 지폐는 통영에 남게 되었다.

동기가 터미널 보관소에서 자전거를 끌고 왔다. 핸들에 감아 놓은 형광색 테이프가 뜯겨 있고 몸체도 여기저기 녹슨 게 한눈에 봐도 후지고 낡아 빠진 학생용 MTB 자전거였다. 세상에, 이걸 타고 남해안을 횡단하는 중인가!

"그거 종일 타도 고장 안 나?"

녀석이 안장을 쓱 만지며 말했다.

"최적의 애마지. 기름 안 먹고, 경치도 잘 보이고. 조금만 손 볼 줄 알면 아무리 오래 타도 끄떡없어."

자전거를 바라보는 눈빛이 나보다 더 오랜 친구 취급을 하는 분위기였다. 내가 자전거에 질투를 느낄 줄이야. 그것 도 모자라 동기는 나더러 혼자 버스 타고 '동피랑 마을'로 오라고 했다. 자기는 자전거를 타고 가겠다나. 우리는 30분 뒤에 거기서 보기로 하고 정류장에서 헤어졌다. 힘껏 페달 밟으며 사라져 가는 녀석의 뒷모습에서 활력이 느껴졌다.

항구 도시에 왔다는 실감은 시내버스를 타고 가다 먼 바 다를 봤을 때 느껴졌다. 오밀조밀한 시가지 너머로 넘실거 리는 바닷물이 햇빛을 받아 반짝거렸다. 갈매기가 행글라 이더처럼 유유히 떠가는 모습도 보였다. 버스 창문을 열 면 짠 내음을 그대로 맡을 수 있을 것만 같았다. 바다에 점 점 가까워지면서 드러나는 전경을 넋 놓고 바라봤다. 바다 가 야구 글러브 모양처럼 육지에 푹 파고들어 오고, 둥그런 항구를 따라 건물과 전봇대가 우뚝 서 있는 모양이 어쩐지 예술적으로 보였다. 나는 너무나 신기했지만, 이곳 사람은 별 감흥이 없는 듯 꾸벅꾸벅 졸거나 수다를 떨고 있었다. 그런데 어쩐지 그 태평함에 내 마음이 편해졌다.

목적지에 내리자마자 먼저 눈에 들어온 것은 오른쪽으로 불룩 솟은 달동네였다. 뒤쪽으론 항구를 중심으로 각종 음식점이 줄지어 있었고, 좁은 도로에는 차량들이 꼬리를 물었다. 아무래도 이곳이 통영의 가장 번화가인 것 같다. 앞쪽으로 동피랑 팥빙수, 동피랑 여관 따위의 간판들이 보이는 걸로 봐서 내가 제대로 온 듯했다. 휴대폰으로 검색해 보니 동피랑 마을은 벽화가 많이 그려져 있어 유명한 곳이라 했다. 멀리서 보면 허름하기 짝이 없는데, 이걸 보러 관광객이 몰려온단 말인가?

아무래도 동기가 늦는 것 같아 먼저 차도를 건너 동피랑 마을 입구에 들어섰다. 오르막길을 걷는데 쨍쨍한 태양이 무력시위를 하고 있었다. 5월인데 체감으론 마치 7월 같달까. 등줄기가 후끈해져서 괜히 긴팔 옷을 입었다는 후회가 들었다.

조금 더 올라가니 오래된 돌담 언덕 위로 커다란 그림이 날 맞아 주었다. 사람인지 나무인지 모를 녹색 물체들이 손을 잡고 마을을 이룬 장면이었다. 배경도 하늘인지 우주인지 해저인지 알쏭달쏭했다. 나는 한참을 서서 이 그림이 뜻하는 바가 뭔지 생각해 봤지만, 머리가 굳었는지 딱히 뭔가 떠오르진 않았다.

끼익.

잠시 후, 자전거 브레이크 소리에 고개를 돌려 보니 동기가 헐떡이며 도착해 있었다. 버스 도착 시간이랑 거의 비슷하게 오다니 대단한 녀석이다. 동기는 가까운 가로등에 체인으로 자전거를 묶어 두고는 내가 서 있는 입구까지 단숨에 뛰어 올라왔다. 체력이 나보다 월등히 좋은 것 같다. 아니면 자전거를 타고 다니느라 단련이 된 걸지도.

동기는 걷는 내내 말을 걸지 않았다. 그 편이 주변을 감상하기엔 적합했다. 나는 동기가 이곳으로 데려온 이유가 뭘까 생각하며 곳곳을 살폈다. 조금 올라가니 커다란 난간 밑에 우스꽝스러운 그림이 나타났다. 탐험 모자를 쓴 남자아이가 망원경으로 우리 쪽을 바라보고 있었는데, 한쪽 렌즈에는 항구의 모습이, 다른 쪽에는 해안가의 모습이 담겨 있었다. 나는 내가 아는 상식선에서 품평했다.

"이 그림은 말이 안 돼. 망원렌즈의 반대편에는 상이 맺히지 않는다고."

동기가 피식 웃었다.

"여기서도 수능적 사고를 하고 앉아 있네. 따지지 말고 그냥 느껴."

녀석의 일축에 렌즈마다 각기 다른 상이 맺히는 것도 오류라는 말은 그냥 목구멍으로 삼켜야 했다. 그러고 보니 아무 생각 없이 보면 재미난 그림인데 내가 너무 분석적으로 바라봤나 싶기도 했다. 순간 그림 속의 남자아이 표정이 동기와 닮았다는 생각이 들었다. 말도 안 되는 걸 즐기고 있는 저 표정 말이다.

그 밖에도 이순신의 투구를 쓴 호랑이, 유명 만화 패러디, 퍼즐로 맞춰 놓은 듯한 고래 그림이 눈길을 끌었다. 그런데 동기는 이런 풍경에 카메라를 꺼내 들지 않았다. 녀석이 관심을 두는 것은 깨진 돌난간 틈에 피어난 풀꽃, 오래되어 부서진 대문의 문고리, 달동네와 대비되어 멀리 보이는 고층 아파트 같은 것들이었다. 사진 찍는 동작을 보아하니 잘 훈련된 군인처럼 능수능란했다. 가방을 살피지도 않고 손만 뻗어 옆 주머니에서 카메라를 꺼내더니 피사체를 향해 사격하듯 셔터를 눌렀다. 나라면 구도를 잡느라 이리저리 각도를 조절하며 애쓸 텐데, 녀석의 솜씨는 퍽 감각적이었다.

꼭대기 근처까지 올라가니 이것도 운동이라고 제법 땀이 났다. 나는 숨차 하는데 동기는 고요했다. 관광지답게 위쪽에는 전망대 카페가 들어서 있었다. 옛 글씨체로 '커피, 핫초코, 매실'이라고 적힌 글자가 나를 유혹했다. 동기가 보란 듯이 배낭에서 물통을 꺼내 벌컥벌컥 마시기에, 어쩔 수 없이 참기로 했다.

동피랑의 정상에는 포대 성곽이 있던 자리를 발굴해 놓은 성벽과 망루가 있었다. 우리는 약속이라도 한 듯 그리로 걸어갔다. 성벽에 다다르자마자 밑에서 불어오는 바람이 앞머리를 획 흔들며 땀을 씻겨 줬다. 감탄이 절로 나올 만큼 탁 트인 통영의 전경이 한눈에 들어왔다. 어지러운 해안선을 따라 자리 잡은 도심에는 아까 보았던 폭 파인 듯 그런 항구가 붙어 있었고, 부두에 정박한 배들과 그 너머로 멀리 보이는 섬들은 잔잔한 바다에 몸을 맡긴 채로 유유자적했다. 구불구불한 해안가 너머로는 녹음이 우거진 먼 산이 보여 단조롭지 않은 그림을 이루고 있었다.

나는 휴대폰을 꺼내 정신없이 풍경을 찍었다. 잘 건지면 애들에게 자랑할 수 있다. 특히 성균이와 철호라면 격렬히 반응할 것이다. 내가 한참 사진을 찍는 동안 동기는 옆에서 멍하니 서 있을 뿐이었다.

"사진 안 찍어?"

"이런 건 인터넷에도 썩어 나."

사진에서도 녀석의 기준은 확고해 보였다. 지금까지 보내온 사진들을 보면 유명한 관광지에서 찍은 사진보다 그렇지 않은 곳에서 얻은 것이 더 많았다. 녀석에게 이런 곳은 눈요깃거리도 안 되는 건가. 나는 별생각 없이 말했다.

"그래도 여행 흔적은 남겨야지."

동기가 날 바라보며 씩 웃었다. 조롱이 섞이지 않은 미소였다. 그러곤 마지못해 낡은 카메라를 꺼내더니 셔터를 몇 번 눌렀다. 이 모든 과정이 10초도 채 안 걸렸다.

"난 여기 여행 온 게 아니야."

녀석의 말에 순간 머리가 혼란스러워졌다. 가출이 아니라더니 여행도 아니라고? 동기 엄마에게서 녀석이 여행을 자주 다녔다는 말을 들은 터라 이해가 되지 않았다. 나는 물을 수밖에 없었다.

"이게 여행이 아니면 뭔데?"

동기의 미소는 그윽했다.

"세상의 안부를 물으러 왔지."

순간 녀석의 눈이 멀리 펼쳐진 바다보다 깊어 보였던 건 내 착각이었는지도 모르겠다. 세상의 안부를 묻는다? 무슨 철학 까먹는 소리인지는 모르겠지만 심오한 기운을 풍기는 말이었다.

"그게 여행이랑 무슨 차인데?"

동기가 먼 곳을 바라보며 한숨을 푹 쉬었다. 그러곤 이야기를 풀어놓았다.

"처음엔 아버지를 멋모르고 따라다녔어. 중학생 때 매년 2주 정도 전국을 돌면서 사진을 찍었는데, 나도 처음엔 여행인 줄 알았거든. 알고 보니 고난의 행군이더라고. 매일 도시를 옮겨 가면서 구석구석 사진 찍는 게 정말 죽을 맛이었어. 아버지에겐 그저 일이었을 뿐인데 말이야."

지금도 녀석의 방식이 딱히 편해 보이진 않는다. 동기는 물을 한 모금 들이켜곤 계속 말했다.

"아버지는 3년 전에 급성 암으로 돌아가셨어. 나랑 같이 전국 내륙을 거의 다 돈 참이었지. 아버지는 옛날부터 전국 방방곡곡을 촬영했는데, 연도별로 같은 장소를 찍은 것도 많았어. 그런데 어느 날 그 사진들을 봤더니 점점 병들어 가는 세상의 모습이 눈에 들어오더라고. 그날 받은 충격은 생각보다 컸어. 아빠에겐 단지 돈벌이였던 사진이, 내 눈에는 더 이상 그렇게 보이지 않았으니까."

공기가 조금 무거워졌다. 이런 분위기를 별로 좋아하지는 않지만, 동기가 처음으로 내게 마음을 열어 준 것 같아 잠자코 들었다.

"그리고 시간이 지났는데, 떠나지 않고는 못 배기겠더라고. 세상이 잘 있나 보러 가야 했어. 먹고 자는 문제는 중요하지 않아. 당장 변해 가는 세상을 여기에 담아 두지 않으면 후회하다 죽을 게 뻔하니까."

그러면서 동기는 낡은 카메라를 매만졌다.

"재작년엔 서해안, 작년엔 동해안을 돌았어. 남해안은 국내에서 마지막 순서야. 내년부터는 해외를 살필 거야. 그러려면 올해 여길 반드시 돌아야 해. 그래야 정확히 10년 후에 여길 다시 올 수 있으니까."

"왔던 곳을 왜 또 오는 건데?"

동기가 입술을 비쭉이며 웃었다.

"내 말을 이해 못 했구나. 여행이 아니라 세상의 안부를 묻는 거라고 했을 텐데. 넌 소중한 사람의 안부를 평생 한 번만 살피냐?"

그제야 동기의 행위를 설명할 만한 단어들이 연상되었다. 답사……. 즐기기보다는 목적을 띠고 다니는 거니까 답사가 적합하지 않을까. 아니, 더 신성한 의미를 부여한다면 '순례'가 맞겠다. 녀석의 행위는 흡사 의식을 치르는 듯한 기분마저 드니까. 동기가 여행 다니는 게 아니라고 말한 이유를 이젠 조금 알 것 같았다.

"다 봤으면 내려가자."

무뚝뚝한 녀석의 모습이 이젠 성격 탓이라기보다 해야 할 일에 너무나 충실해서 그렇다는 걸 알았다. 하여간 상냥함은 조금 모자라는 녀석이다. 나는 올라왔던 길과 다른 쪽으로 내려가는 동기를 따라갔다. 반대쪽은 완만한 경사였고, 아까와 다른 그림이 바닥과 벽을 따라 늘어서 있었다.

동기는 노란 리본 그림이 그려진 벽화에서 카메라를 꺼

냈다. 내 기억엔 처음으로 벽화에 렌즈를 들이대는 것이었다. 녀석은 혼잣말로 중얼거렸다.

"이게 10년, 20년 뒤에도 있을지 내가 지켜봐 주지."

어느덧 서쪽으로 기운 태양은 황금빛으로 변해 구름 한 점 없는 하늘에서 빛나고 있었다. 휴대폰을 보니 4시 15분, 생각보다 시간이 빨리 갔다. 처음에 동기랑 만났던 동피랑 마을 입구로 내려오자, 동기는 칭칭 감았던 체인을 풀고 자전거를 옆구리에 끼웠다. 그러고는 내게 지시했다.

"두 시간 뒤에 달아공원 입구에서 만나. 통영 남쪽 끝인데, 검색해서 올 수 있지? 넌 여유롭게 중앙시장이나 이순신공원 보다가 버스 타면 돼."

재빨리 자전거에 올라타는 녀석에게 거기가 어디냐고 묻는 것은 허락되지 않았다. 녀석은 인사 한마디 없이 뒷모습만 남기고는 사라져 버렸다. 잠시 친절한 것 같더라니. 나는 우두커니 서서 휴대폰으로 인터넷을 뒤질 수밖에 없었다.

달아공원. 남해안에서 손꼽는 일몰 명소다. 녀석이 두 시간 뒤에 보자고 한 건 일몰을 보려는 게 틀림없었다. 거리가 꽤 멀어서 자전거로는 부지런히 달려야 시간을 맞출 듯했다. 나는 남은 시간에 어딜 가야 할지 망설였다. 중앙시장은 여기서도 보일 정도로 가깝고, 이순신공원은 바다와 어우러진 명소로 유명했다.

그 순간 하필이면 왜 엄마 얼굴이 떠올랐을까. 서글픈 일이었다. 여유 시간은 대략 1시간 20분. 국어 지문 두 개와 영어 지문 네 개, 그리고 사회 요점 정리를 보기에 충분한 시간이었다. 나는 주변을 휘 둘러보다 카페 체인점을 하나 발견하고 거기로 들어갔다. 창가에 자리를 잡고 가방에서 책과 노트를 꺼내어 펼쳤다. 항구를 마주하고 커피 한 잔을 홀짝거리며 공부하는 것도 괜찮았다. 아니, 괜찮다고 위안을 삼아야 했다. 실내에 흐르는 잔잔한 발라드가 날 위로해 주는 느낌이었다.

기나긴 국어 지문을 읽다가 멈칫했다. 그저께 사진 공모에 출품했던 일이 떠오른 까닭이었다. 제목을 '석양 그리고 인생살이'로 할 게 아니라 '세상의 안부를 묻다'로 할 걸 그랬다. 다시 되돌릴 순 없지만 너무 뻔한 제목을 붙인 게 아닌가 하는 자책이 들었다. 녀석에게 출품 사실을 어느 타이밍에 알려야 할지도 모르겠다.

10년에 한 번 세상의 안부를 묻겠다는 동기. 나 역시 10년 뒤에 녀석이 어떻게 살고 있을지 궁금해졌다.

8.
나의 현실 - 통영 2

달아공원에 가는 시내버스에 올랐을 때는 이미 오후 6시를 향해 가고 있었다. 슬슬 귀가가 늦어지는 것에 대한 부담감이 몰려왔다. 주말에 독서실에서 집에 들어갈 때가 보통 밤 11시니까, 적어도 저녁 7시 30분에는 시외버스를 타야 했다. 그렇지 않으면 의심 가득한 엄마가 어떤 추궁을 할지 알 수 없었다. 대략 계산해 보니 달아공원에서 머무를 수 있는 시간은 겨우 30분 정도였다.

돈 계산도 해 봤다. 11만 원을 들고 왔는데 대전과 통영을 왕복하는 버스 요금만 2만 8천 원이었다. 시내버스와 식사비까지 빼면 동기에게 줄 수 있는 돈은 최대 6만 원 정도였다. 생색내기에는 돈이 적어 뭔가 내가 손해 보는 기분이었다. 어쨌든 나는 육중한 소리를 내며 달리는 버스에 몸을 맡겼다. 통영의 가장 남쪽에 있는 달아공원까지는 버스로 40분쯤 걸렸다.

도착이 머지않을 무렵, 주머니 속에서 휴대폰이 짧게 진동했다.

아들, 공부는 잘돼 가?
저녁 부실한 거 사 먹지 말고
제대로 된 거 먹어.

엄마였다. 내가 독서실에 가 있을 때 항상 보내는 문자다. 이것만 보내면 고마울 텐데 문제는 그다음이다.

지금까지 얼마큼 공부했는지 말해 봐.
과목별로.

걱정을 넘어 간섭의 영역에 들어온 문자에 할 말이 궁색해졌다. 지금 독서실이 아니라 한반도 맨 밑에 있는 통영에 왔다고 하면 기절초풍할 게 틀림없으니까. 어차피 탄로 날 것이 뻔하니 속일 수는 없었다. 하지만 답장을 보내자니 망설여졌다. 게다가 창밖의 하늘은 지금껏 본 적 없을 만큼 웅장한 황금빛이었다. 바다 위로 큼지막하게 저무는 태양을 보고 있으니 정신이 멍해졌다. 마침 목적지에 도착하여 경황없이 내렸는데, 버스가 떠나자마자 가려 있던 풍경이 드러난 덕에 할 말을 잃었다. 깊은 정적에 어울리는 잔잔한 바다와 소박하고 꾸밈없는 어촌 마을. 이런 광경을 보면서 거짓말을 하는 건 도무지 모순이었다. 나는 휴대폰을 주머니에 쑤셔 넣었다. 그러곤 뭔가에 홀린 듯 일몰을 따라 걷기 시작했다.

제일 먼저 숲과 바다가 어우러진 내음이 느껴졌다. 항구 쪽과는 달리 자연 그대로의 한없이 맑은 냄새였다. 신기하게도 이곳에는 갈매기가 없었다. 정적인 것만 가득해 한결 더 수채화 같은 풍경을 연출했다. 나는 달아공원의 주변 풍경을 쓱 훑어보고는 동기와 만나기로 한 전망대 입구로 향했다.

동기는 이미 도착해서 커다란 안내 표지판 옆의 돌난간에 쭈그리고 앉아 있었다. 녀석이 날 보더니 벌떡 일어났다. 그러고는 따라오라는 말도 없이 먼저 성큼성큼 앞장섰다. 나는 코웃음을 한번 치고는 녀석을 뒤따라갔다.

우우웅. 우우우웅.

그때 휴대폰이 길게 진동하기 시작했다. 열어 보니 또 엄마였다. 문자에 답장이 없으니까 전화까지 건 것이다. 빨리 받으라고 야단법석을 떨기에 나는 아예 휴대폰 전원을 꺼 버렸다. 안 받으면 엄마가 열받을 테지만, 받아도 문제가 커질 테니까. 동기가 흘끔 뒤돌아보더니 무슨 일인지 짐작 하겠다는 듯 시니컬하게 웃었다. 한결 비장해진 나는 동기 를 따라 순례자의 마음으로 앞을 향해 나갔다.

5분 정도 걸었을 뿐인데 오르막길이라 숨이 차올랐다. 동기의 걸음걸이는 언제나 성큼성큼, 빠르면서도 무심했 다. 뒷사람을 배려해 주는 법이 없다.

전망대에 올라와 보니 사람들이 많아 설 자리가 없을 지 경이었다. 바다와 태양은 아직 지평선을 두고 떨어져 있었 는데 제대로 일몰을 감상할 수 있을지 미지수였다. 동기는 여기저기 사람들을 헤집고 다니더니 고개를 저었다.

"아래쪽이 더 낫겠어."

내가 봐도 이곳은 주말 인파가 몰려 신비로운 광경을 보 기에는 적합하지 않았다. 우리는 올라왔던 길을 다시 거꾸 로 내려왔다. 조금 뒤면 해가 바다에 내려앉을 것 같아 거 의 뛰다시피 걸었다. 그 덕에 3분도 채 안 되어 사람이 별 로 없는 주차장 주변의 절벽 난간으로 내려왔다. 높은 지대 는 아니었어도 시야를 가리는 것 없이 뻥 뚫린 광경이 눈 에 들어왔다.

"와……."

확 트인 바다에 둥둥 떠 있는 섬들 사이로 태양이 잠식해 들어가고 있었다. 붉은 해가 바다에 닿는 순간은 온몸에 전율이 일어날 만큼 짜릿했다. 해가 수면에 길게 늘어지며 흘러내리는 모습에 사람들이 탄성을 뱉었고, 그 순간 불어온 바람이 가벼운 어지럼을 몰고 왔다. 눈부신 태양이 사라져 가는데도 자연은 아무런 요동이 없었다. 서쪽 하늘에서는 붉은 기운이 은은하게 퍼져 나가고 있었다. 잠잠한 파도가 누런 햇빛을 반짝반짝 피워 냈다. 검색한 바에 의하면 통영이 '동양의 나폴리'라고 불리던데, 통영은 오롯이 통영이었다. 지금 내겐 이곳이 가장 찬란했다.

해가 바다에 황금빛 길을 내고 있는 모습을 멍하니 보다가 사진을 안 찍고 있다는 사실을 뒤늦게 깨달았다. 동기는 어느덧 한쪽 무릎을 쭈그리고 앉아 렌즈에 풍경을 담고 있었다. 나도 질세라 휴대폰을 꺼내는데 동기가 손짓했다.

"사진 보낼 테니까 넌 보기나 해."

그래서 난 일몰을 눈에 똑똑히 담았다. 바다에 닿았던 태양은 몇 분 지나지 않아 빠르게 밑으로 가라앉았다. 태양이 사라진 뒤에는 한층 붉은 노을이 하늘을 장식했다. 섬들이 그림자처럼 검어지고 주변에 어스름이 몰려온 모습 또한 볼만했다. 바다인데도 수면이 잠잠해 거울처럼 하늘을 비추는 광경도 태어나서 처음 목격했다. 내가 살던 도시에선 절대 맛볼 수 없는 그림······. 순간 통영의 바다까지 내 의지로 왔다는 사실에 온몸이 전율했다.

촬영을 끝낸 동기가 무릎을 툭툭 털고 일어났다.

"다 봤으면 이제 가."

평소와 다름없는 말투인데 그게 굉장히 섭섭하고 아쉬웠다. 나도 이제 돌아가야 한다는 걸 안다. 나는 남은 미련을 동기에게 안부 묻는 걸로 대신했다.

"넌 이제 뭐 해?"

"근처에서 자야지."

"어디서 자는데?"

"돈 있으면 게스트하우스."

"고등학생도 받아 줘?"

"뚫어야지."

녀석의 삭은 얼굴을 보고 주민등록증을 보여 달란 말을 꺼낼 업주가 얼마나 될까. 나도 따라가고 싶은 충동이 들었지만, 그건 어디까지나 마음뿐이었다.

나는 지갑을 꺼내 돌아갈 교통비와 저녁값을 제하고 만원짜리 여섯 장을 동기에게 건넸다. 사실 이것 때문에 내가 여기까지 온 건데, 온종일 돈 얘기를 한마디도 나누지 않았다는 게 신기했다. 동기는 받은 돈을 세어 보지도 않고 주머니에 넣었다. 그러곤 다짐의 형태로 감사를 표현했다.

"나중에 몇 배로 갚는다."

"아껴 쓰기나 해. 또 털리지 말고."

동기는 무심히 뒤돌아섰다. 나는 동기가 체인을 풀고 자전거에 올라타는 모습을 물끄러미 바라보았다. 녀석은 내일도, 모레도 새로운 목적지를 향해 훌쩍 떠날 것이었다.

"학교엔 언제 와?"

"다 돌면."

"그게 언젠데?"

"몰라도 돼."

돈 빌려준 친구에게마저 매정한 녀석 같으니라고. 동기는 인사 대신 정류장이 저쪽이라는 듯 손짓하고는 쌩하니 가 버렸다. 나는 그 자리에 한참을 서 있었다. 주변은 완전히 어두침침해졌고 전망대에서 내려온 사람들은 주차장에 몰려들고 있었지만 나는 움직이고 싶지 않았다. 아무도 나를 모르는 이곳에서 해방감을 더욱 느끼고 싶었다. 하지만 소심한 저항은 버스 시간이 임박했다는 하찮은 이유만으로 가볍게 부스러졌다.

시외버스에 올랐을 때는 이미 저녁 8시가 넘어 있었다. 간단히 요기를 하고 최대한 서둘렀는데도 어쩔 수 없었다. 이대로 가면 도착 시간은 거의 자정. 집까지 택시를 탄다

해도 엄마의 의심을 피하긴 어려웠다.

원래 이쯤 되면 어떻게든 만회해 보려고 버스 안에서 책을 꺼내 들거나 엄마에게 변명 문자를 늘어놓았을 것이다. 그런데 위기의식이 발동하지 않았다. 숫제 휴대폰을 켜지도 않았다. 그런 모든 행동이 하찮게 느껴졌다.

불안 증세도 찾아오지 않았다. 공부 실적이 저조하면 샤프심을 부러뜨린다든지 손을 여러 번 씻는다든지 같은 말을 반복하며 주문 외우는 짓을 하기 일쑤였는데, 이상하게 아무렇지 않았다. 감명 깊은 영화를 본 뒤의 기분이랄까, 신선 세계에서 실컷 놀다 아웅다웅하는 인간 세상으로 돌아온 느낌이랄까. 나를 옭아매던 입시와 성적과 엄마의 잔소리가 심각하게 인식되지 않았다.

일몰을 보고 난 뒤부터인 듯하다. 10분이 채 안 되는 시간 동안 찬란한 태양이 저물어 사라지는 걸 보며 자연의 경이로움과 세상의 덧없음을 실감했다. 그리고 동기와 헤어지면서 녀석의 뒷모습에서 자기 의지대로 살아가는 뚝심이 느껴졌다.

자연스레 나를 돌아보게 되었다. 몸은 어른이 되었는데 지금껏 내가 하고 싶은 대로 인생의 중요한 결정을 해 본 적이 거의 없었다. 매년 학교에서 조사하는 진로 기재란에는 '회사원'이라 직는 게 고작이었고, 대학 학과도 고민해 보지 않았다. 오로지 성적에 맞춰 인서울을 달성해야 한다는 부담만 있었을 뿐이다. 그것마저도 나보다 엄마가 절박해하는 목표였다. 나는 지금 내 인생을 살고 있는 게 맞는 걸까.

그런 면에서 동기는 다른 차원에 살고 있는 놈이다. 녀석은 얼마큼 고민하고 집 나갈 결심을 한 걸까. 고생스러울 게 분명한데도 자신이 선택한 길을 밀어붙인 원동력은 무엇이었을까. 녀석에겐 학교에서의 평판보다 그것이 더 중요한 걸까. 녀석의 인생 목표는 뭘까. 이런 궁금증들이 동기와 헤어지고 나서야 떠오르기 시작한 건 유감이었다.

간만에 이어지는 사색을 방치하다 보니 시간이 잘 갔다. 버스는 어느덧 종점인 대전에 진입해 있었다. 즐비한 고층 빌딩에 네온사인이 번쩍이고 밤에도 차량 행렬이 불야성을 이루는 곳. 내가 사는 도시가 익숙한 모습으로 나를 맞이하고 있었다. 나는 버스에서 내리기 전에 폭풍에 맞서듯 심호흡을 해야 했다. 버스 문이 열리는 순간 밀려드는 터미널의 매연 냄새가 숨통을 조여 오는 기분이었다.

어차피 늦을 대로 늦어서 택시를 타 봐야 소용없었다. 나는 시내버스에 몸을 맡기고 몇 시간 동안 꺼 두었던 전화기를 켰다. 로고가 반짝거리고 몇십 초의 로딩 시간이 지나자마자 알림이 연달아 울렸다. 부재중 전화 여섯 통, 모두 엄마다. 그때서야 비로소 현실감각이 돌아와 침이 꿀꺽 넘어갔다. 방금까지 넋 놓고 있던 내가 미쳤었나 싶을 만큼 엄마의 흔적은 각성 효과가 대단했다. 버스는 나를 우리 아파트 앞에 던져 놓고 무심히 갈 길을 가 버렸다.

엘리베이터를 타는 동안 다시 한번 심호흡을 했다. 현재 시각 11시 46분. 엄마는 드라마 재방송을 보고 있을 것이다. 나를 기다리며 잔뜩 화가 나 팔짱을 낀 채로 소파에 앉아 있을 것이다. 그리고 내가 들어오자마자 속사포처럼 잔소리를 쏟아 낼 것이다. 과목별 공부량을 체크한 뒤에 이어질 비난과 저주. 나는 내가 당할 상황을 예측해야 했다. 충격에 대비하는 게 정신 건강에 이롭다는 걸 경험으로 알고 있었다.

띠띠띠띠.

도어락 비밀번호를 누르고 문을 여는 순간이 형장에 제 발로 걸어가는 사형수처럼 비참했다. 집 안은 온통 어두컴컴했다. 베란다 앞에 놓인 난초들과 해피트리 화분이 검게 그림자만 드리운 채 맞아 주었다. 나는 최대한 조용히 신발을 벗은 다음 까치발을 하고 거실에 들어섰다. 텔레비전이 꺼져 있어서 일단 안심이었다. 엄마가 피곤해서 일찍 잠들었을 수도 있다는 뜻이니까.

그대로 거실을 통과해 방으로 들어가려던 찰나, 나는 귀신이라도 발견한 듯 소스라치게 놀랐다. 엄마가 조명도 텔레비전도 켜지 않고 소파에 가만히 앉아 있었기 때문이다. 순간 내 몸은 돌처럼 굳어 버렸다. 그때 어둠 속에서 엄마의 가라앉은 목소리가 울려 퍼졌다.

"늦었네."

"……어, 뒤늦게 집중하느라."

"그래서 휴대폰도 꺼 놓으셨다?"

"……."

"걱정시키진 말아야지."

침묵이 이어졌다. 평소에는 서릿발 같던 엄마의 목소리가 오늘은 왠지 기운 빠져 보였다. 거실의 불을 켜려고 발걸음을 옮기려는데, 엄마의 축 처진 목소리가 나를 제지했다.

"이리 앉아 봐."

엄마가 자기 옆에 앉아 보라고 한 게 얼마 만인지 기억나지 않는다. 나는 조심스레 소파에 무릎을 모으고 앉았다. 평소에 엄마에게 나던 향수 냄새도 느껴지지 않았다. 엄마는 허공을 응시한 채로 말했다.

"공부하기 많이 힘들어?"

"어어, 아니……."

긍정과 부정의 경계가 희미한 대답을 해 버렸다. 긍정해 봐야 엄마의 기분이 나아질 리 없고, 부정하기엔 내 마음이 그렇지 않았기 때문이다. 엄마는 한숨을 푹 쉬더니 다시 물었다.

"엄마가 공부에 도움이 안 되니?"

아까보다 더 딜레마에 빠뜨리는 질문이었다. 그렇다고 하면 신상에 해로울 테고, 아니라고 하면 엄마는 계속 나를 간섭할 것이 분명했다. 내가 입술만 달싹거리고 있는데, 어느 순간 엄마의 작은 어깨가 들썩이는 게 느껴졌다.

"……."

엄마는 울고 있었다. 소리 내지 않으려고 끅끅, 준비된 휴지로 눈물을 닦는 것이 이미 내가 오기 전부터 진행 중이었던 모양이다. 나는 그런 엄마의 모습이 안타깝기보다는 솔직히 당황스러웠다. 아빠가 태평양을 건너 주재원으로 파견을 나갈 때도 울지 않던 엄마였다. 그런 사람이 내 옆에서 이러고 있다니.

"왜 그래."

이게 내가 할 수 있는 말의 전부였다. 나는 이런 분위기에 대처할 준비가 전혀 안 되어 있었다. 예측한 상황과 너무나 달라 어안이 벙벙할 뿐이었다. 엄마는 다시 휴지를 뽑아 눈코를 매만지고는 한참 만에 말했다.

"엄마가…… 외롭고 두려워서 그래."

집에 아빠가 없어서 그런가? 나는 아주 잠깐 그렇게 착각했다. 엄마가 다음 말을 꺼내기 전까지는.

"낮에 서울 입시설명회 다녀왔어."

입시설명회라는 말에 가슴이 쿵 내려앉았다. 사실 3월과 4월 모의고사 성적표를 엄마에게 고분고분 갖다 주긴 했어도 모의고사 배치표는 일부러 보여 주지 않았다. 바로 지금 같은 상황이 벌어질까 염려스러워서였다. 설명회에 가면 입시 전략뿐 아니라 점수별로 갈 수 있는 대학 학과까지 자세한 실태를 까발려 준다. 공부하라고 잔소리만 하던 엄마가 드디어 그런 곳에 다녀왔다는 뜻이다.

"서울 주요 대학 입시를 설명하는데…… 우리 태훈이가 갈 수 있는 대학이 없어. 엄만 그곳에 해당되지 않는 사람이었어."

그러곤 다시 흐느꼈다. 마치 말기 암 선고라도 받은 듯이. 실제로 배치표 첫 장에 내 점수로 갈 대학은 존재하지 않았다. 다음 장 끝에 가서야 인서울로 쳐주지도 않는 서울 소재 대학과 지방거점 국립대학의 하위권 학과 이름이 보일 뿐이었다. 엄마는 두렵고 외롭다고 했다. 대학에 갈 사람은 나인데, 엄마가 그렇다고 했다.

"우리 태훈이…… 불쌍해서 어떡하지."

엄마는 이 말을 반복하며 오열했다. 엄마에겐 내 미래가 훤히 보이나 보다. 그래서 슬픔을 이길 수 없나 보다. 내가 공감 능력이 떨어지나? 감정에 휩싸여 한탄하는 엄마가 이해되기는커녕 어리둥절했다. 이럴 땐 함께 부둥켜안으며 "엄마, 미안해요. 앞으로 제가 더 잘할게요."라고 말해야 하는 건가. 그러기엔 이 상황이 코미디처럼 느껴졌다. 조금 전까지 통영의 넓은 바닷가를 마음껏 누비고 돌아온 내게는 그랬다. 나는 동기에게 물어보지 못했던 걸 엄마에게 묻기로 했다.

"엄마는…… 꿈이 뭐야?"

눈물을 닦던 엄마가 날 빤히 쳐다봤다. 마치 난생처음 이런 질문을 받은 것처럼. 내가 질문을 잘못한 건가. 침묵이 흐르는 동안 어색함과 무안함을 감당하는 건 순전히 내 몫이었다.

한참 뒤에야 엄마는 입가에 미소를 머금은 채 대답했다.

"네가 명문 대학 가고, 좋은 직장에 취업해서 행복하게 잘 사는 게 엄마 꿈이야. 달리 뭐가 또 있겠니."

"……."

생각보다 김빠지는 답변이었다. 결국 엄마 자신의 꿈은 없는 거나 마찬가지니까. 나에게 모든 것을 걸었기에 그토록 나를 감시하고 달달 볶았던 것일까. 나는 이미 엄마의 기대를 충족시키지 못해 어디로든 숨고 싶은데.

'엄마는 엄마 인생 살아. 난 내가 알아서 할게.'

이 말을 하고 싶었지만, 목구멍에서 도저히 나오지 않았다. 나를 얼마나 어린애 취급하는지 알기 때문이다. 돌아오는 건 비난과 질책이 전부일 터였다.

결국 나는 "이제부터 잘할게."라는 열없는 소리로 엄마를 위로할 수밖에 없었다. 혼나지 않은 건 다행이지만, 엄마의 처량 맞은 모습을 옆에서 지켜보는 일은 괴로웠다. 엄마는 내 말을 듣자마자 울음을 그쳤다. 너무 빨리 진정되는 모습에 모든 게 연기가 아니었을까 싶을 정도였다.

침대에 누워 곰곰이 생각해 봤다. 그동안 동기가 나를 무시하는 이유가 뭐였을까. 부모님의 도움 없인 아무것도 못 하는 나. 공부조차 내가 원해서가 아니라 엄마의 눈치를 보면서 하고 있는 나. 그런 나를 녀석이 꿰뚫어 본 걸까. 세상의 평판을 등지면서까지 신념을 위해 떠난 녀석에게 나 같은 놈이 얼마나 한심해 보였을까. 내 인생에서 나는 무엇일까. 의문이 꼬리를 물수록 참담한 기분이 가시지 않았다.

나는…… 나는 정말로 애새끼다.

9

똥 만드는 기계

월요일 오전 8시 40분. 나는 개성이라곤 찾아볼 수 없는 교실 사각 공간의 왼쪽 세 번째 줄에 앉아 있었다. 책상 위 학생들의 동그란 머리통을 보니 가지런히 잘 심어져 재배를 앞둔 배추밭 같다. 이 조그만 공간에 혈기왕성한 사내 서른 명이 온종일 갇혀 지낸다니 의아하다. 이게 의아한 일이란 걸 이제야 안 것도 새삼 의아하다.

녀석들은 제각기 수다를 나누고 있었다. 공부 얘기라면 좀 건설적인 편이고, 게임 얘기를 침 튀기며 하는 놈들이 제일 시끄러웠다. '현질'로 '템'을 맞췄는데 "성능이 구리다." "바꿔라." 같은 말로 대화를 꽉꽉 채우고 있었다. 내 뒤에서 성균이와 용대는 미래 놀이 중이었다. 성균이가 나중에 돈 벌면 여자 친구를 스포츠카에 태워 라스베이거스를 질주하겠다고 하자, 용대가 "군대는? 취업은? 결혼 준비는?" 하며 찬물을 끼얹었었다.

문득 나를 포함해 여기 있는 애들이 모두 사파리 안에 갇힌 동물이 아닐까 하는 생각이 들었다. 사파리 밖에 광활한 세상이 있는 줄도 모르고 눈에 보이는 현실이 전부라고 생각하는, 그래서 마음껏 뛰는 건 상상도 할 수 없고 누워서 햇볕이나 쬐다가 조련사가 지나가면 먹이를 얻기 위해 열심히 재롱이나 떠는 게 우리 모습이 아닐까. 그러다 언젠가 사파리 밖으로 풀려나면 자유에 열광하기보다 야생의 혹독함을 견디지 못하고 쓰러지는 게 아닐까.

동기를 만나고 온 일은 신선한 경험이었다. 의식하지 못했던 것이 눈에 들어오고 당연하다고 생각한 것들이 이상하게 보이기 시작했다. 녀석이 내게 직접 말해 준 건 없었다. 그냥 녀석이 세상과 부딪히는 광경을 목격했을 뿐이다. 페달을 힘차게 밟으며 전진하던 녀석의 모습이 지금도 눈에 선하다.

"야, 사진 보여 줘."

1교시가 끝나자마자 친구들이 재촉하기 시작했다. 동기는 내가 통영에서 돌아온 어젯밤에 그간 밀린 사진을 보내왔다(아무래도 전날에는 돈이 없어서 사진을 못 보낸 듯하다).

'사천', '통영'이라고 된 폴더가 두 개 있었다. 나는 언제나처럼 교탁 컴퓨터로 로그인한 뒤 대형 텔레비전 화면으로 동기의 사진을 보여 주었다. 재밌는 건 아이들은 동기가 심혈을 기울여 찍은(세상의 안부를 묻는) 사진엔 별 반응이 없고, 사천과 통영의 전형적인 바다 사진에만 열광한다는 것이다. 나도 전에는 그런 사진에 먼저 눈이 가곤 했다. 그런데 직접 다녀와 보니 이제는 무엇이 진짜 동기의 사진인지 가려낼 수 있었다. 그러고 보면 공모에 출품한 사진은 제법 잘 고른 것 같다.

사진 중에는 달아공원의 일몰 풍경도 있었다. 교실에 있던 거의 모든 녀석이 "와아아!" 감탄했다. 철호가 교실이 떠나갈 듯한 목소리로 "오메가다!" 외치기도 했다. 하지만 나는 실제로 본 것보다 감동이 덜했다. 사진의 한계가 이런 건가 싶을 만큼 화면의 일몰 풍경은 생동감이 덜했다. 마치 박물관에 박제된 짐승을 보는 것 같다면 적절한 비유일까. 그래서 동기가 나더러 사진 찍지 말고 눈으로만 보라고 했던 것 같다. 얼마나 현장의 감동을 훼손시키지 않고 카메라에 담아내느냐. 아마도 풍경을 찍는 사진가라면 이 점이 늘 고민스럽지 않을까.

내가 어제 통영에 가서 동기를 만난 걸 아는 사람은 없다. 반 애들 중에 나만 대자연을 직접 만끽하고 왔다는 사실이 짜릿했다. 차라리 벽 쳐다보는 게 공부보다 즐겁다는 녀석도, 항상 내년 타령하며 현재를 등한시하는 녀석도 오늘의 경이로움을 놓치고 사는 것 같아 안타까웠다.

쉬는 시간이 끝나자마자 교실로 들어온 지리 선생은 서른도 안 된 총각이라 동네 형 같은 이미지였다. 지리는 옆 반 담임답게 우리 반을 살살 긁어 댔다.

"내일 모의고사인데 너희 반에 동기 없어서 어쩌냐? 평균 확 떨어지겠네."

그 말에 웃을 학생은 없었다. 지난 4월 모의고사 때 우리 반이 학년에서 1등을 한 것에 대한 질투 발언이었기 때문이다. 지리는 이번에 자기 반이 1등 하면 피자를 쏘기로 했으니 우리 반 성적이 잘 나와야 한다는 해괴한 논리를 펼쳤다. 그러고는 심화반에 속한 두 명을 보며 말했다.

"니들이 하드캐리 해야겠네."

둘은 그냥 픽 웃을 뿐이었다. 잡담의 맥이 끊기고 모두가 책을 펼치려는데 돌연 철호가 손을 번쩍 들었다. 절도 있는 동작에 지리가 흠칫할 정도였다.

"왜?"

"쌤, 통영의 바다는 왜 그렇게 아름답습니까?"

방금 쉬는 시간에 봤던 풍경 사진의 여운이 아직도 가시지 않은 목소리였다. 지리는 지리답게 대답했다.

"리아스식 해안이라 그렇지."

뒤에서 용대가 리아스식 해안이 뭐냐고 성균이에게 속닥거렸다. 상대적으로 유식한 성균이는 내가 알고 있는 대로 설명해 줬고, 그러자 용대가 피오르 해안이랑 뭔 차이냐고 물었다. 그 대목에서 성균이는 답답한 듯 이마를 짚었다. 지리는 그 말을 엿듣기라도 한 듯 또박또박 설명했다.

"피오르는 빙하의 침식 작용으로 만들어진 복잡한 해안이고, 리아스는 하천이 그렇게 만든 거라고 저번에 설명해 줬잖아. 통영은 그래서 섬뿐만 아니라 만과 곶이 많은 지형이고."

철호가 다시 손을 번쩍 들었다.

"왜, 또?"

지리는 본 수업에 들어가지 못하는 게 조바심이 나는 듯 벽에 걸린 시계를 흘끔 쳐다봤다. 철호는 씩씩한 동작처럼 군대식 말투를 구사했다.

"여기서 말로만 듣는 것보다 통영의 바다가 어떻게 생겼는지 직접 가서 보는 게 낫지 않겠습니까. 그게 진짜 살아 있는 수업 아니겠습니까."

그 말에 몇 놈이 "워우!" 하며 호응했다. 지리는 한 방 먹은 듯한 얼굴이었지만 곧바로 반격에 나섰다.

"얀마, 고3이 가긴 어딜 가."

이번엔 성균이가 볼멘소리를 냈다.

"고3이라고 체험학습 한 번도 못 가는 게 어디 있어요. 저희도 바람 쐬러 나가고 싶다고요. 5월이라 날씨도 좋잖아요."

그러자 더 격한 호응이 교실을 가득 메웠다. "배 타고 싶어요." "한 번 가 봐요." 같은 웅성거림이 사파리에 갇힌 동물의 울음소리같이 들리는 건 내 착각일까. 듣고만 있던 지리가 단 두 마디로 교실을 평정해 버렸다.

"왜 나한테 그래, 이 녀석들아! 너희 담임한테 얘기하면 되잖아!"

순간 모두가 담임의 훌렁 벗어진 이마와 위압적인 눈빛을 떠올린 듯 풀이 죽어 버렸다. 우리는 우리의 비겁함을 인정할 수밖에 없었다. 담임에게는 차마 꺼내지도 못할 말을 상대적으로 만만한 지리에게 뱉어 내고 있었기 때문이다. 지리는 기어이 동기 이야기를 여기에 갖다 붙였다.

"이것들이 말야, 동기가 집 나갔다고 바람이 제대로 들었어. 일주일 넘게 학교에 안 오는 놈 바라보지 말고 너희 앞가림이나 잘하란 말이야. 쾌락이나 좇아 막장으로 접어든 새끼가 뭐 부럽다고."

동기가 막장이라니. 어제 녀석을 만나고 온 나로서는 동의할 수 없었다. 동기는 누구보다 계획적이고 목표 지향적이라고 말해 주고 싶었다. 하지만 학교 제도에서 녀석은 엄연히 가출 학생이었다. 고로 나는 찍소리도 할 수 없었다.

오늘은 5월 모의고사를 보는 날이다. 책상을 조금 떼어 놓긴 했지만 동기가 옆에 없으니 허전했다. 이놈은 모의고사를 건너뛰어도 괜찮은 걸까. 녀석 덕분에 나는 동기 앞자리 녀석이 시험지를 넘길 때마다 일어나 뒷자리에 가져다주는 수고를 감내해야만 했다. 교실 안에는 사락사락 시험지 넘기는 소리만 들릴 뿐 쥐 죽은 듯 조용했다.

5월 모의고사는 사실 변별력이 의심스러운 시험이었다. 5월은 응시생이 현저히 적었고, 게다가 늘 출제하던 평가원이 아니라서 문제 난도가 들쑥날쑥하다고 했다. 그래서인지 첫 국어 영역부터 집중이 잘 안 되었다. 지문을 한 번에 이해하지 못해 되돌아가는 빈도가 잦았고, 문학보다 비문학 글이 많아 외운 걸 써먹기도 힘들었다. 결국 시간 안에 풀지 못해 네 문제를 찍었다.

서른 문제뿐인 수학은 처음 네댓 문제까진 술술 풀리는데 그다음부터 문제였다. 하나씩 대입하라는 건지, 예상값을 넣으라는 건지 아예 감도 안 잡히는 문제들이 수두룩했다. 잘하는 놈은 대충 찍어도 답이 맞다는데 내게 수학은 외계어처럼 보였다. 특히 주관식은 두 문제 빼고는 건드릴

수조차 없었다. 이번 시험은 더 어려운 것 같아 평가원이 원망스럽기까지 했다.

4점짜리 문제에서 헤맬 무렵, 일몰 풍경이 떠올라 버린 것은 크나큰 재앙이었다. 어차피 변별력 없는 모의고사라 대충 봐도 되지 않겠느냐는 생각과 이렇게 난해한 문제를 어떻게 푸느냐는 짜증이 시너지를 일으키며 딴생각을 증폭시켰다. 육체를 이탈한 영혼은 어느덧 한반도 남쪽 끝의 달아공원에 가 있었다.

끝없이 펼쳐진 바다와 고요한 수면, 태양 빛을 받아 후광이 이는 것 같은 섬들과 하늘에 펼쳐진 붉은 융단, 세상 저쪽에서 보내온 빛이 내 몸으로 스며드는 상쾌함. 그리고 긴 여운을 남기며 사라지는 태양과 고독해진 땅. 그 위에 선 나는 대자연의 기운을 머금고 아련히 불어오는 바람에 옷깃을 여미며 돌아선다.

실제보다 과장된 상상에 픽 웃음이 나왔지만 이틀 전 기억은 어느새 아스라해져 멋대로 새로운 그림을 만들고 있었다. 그 상상엔 오로지 넓은 자연과 나뿐이었다. 천연의 하늘과 바다엔 어떤 수학 공식도 적용되지 않는다. 그저 느끼면 될 뿐이다. 별개로 아름답게 존재하는 세상이다.

"15분 남았다. 마킹하고 점검하도록."

시험 감독인 국어 선생의 말에 끝없이 이어지던 상상이

끊어지고 말았다. 주위를 둘러보니 눈에 들어온 건 수없이 배열된 인간 대가리들과 비좁은 회색 공간······. 콩나물시루가 아닌가 착각이 들 정도다. 녀석들은 시루 안에 든 콩나물처럼 꼼짝하지 않고 시험지만 바라보고 있다. 정말로 잘 배양되고 있는 것 같다.

결국 잡생각을 끊지 못하는 바람에 여섯 문제나 찍고 OMR 카드를 제출해야 했다. 다른 녀석들처럼 답을 맞춰 볼 의욕도 생기지 않았다. 내 영혼을 다시 남해안으로 보내고 싶어 책상에 엎어져 있었지만 잘되지 않았다. 시험을 망친 탓에 자꾸만 상상이 안 됐다. 어느 한쪽에 푹 담그지 못하는 나······. 이런 내가 한심스럽다.

다음 날 오전은 체력 평가를 했다. 거의 두 달 만에 체육복으로 갈아입고 어기적어기적 운동장에 나온 학생들은 벌써 서른 살이 넘은 사람들 같았다. 체조 구령을 붙이는 반장의 목소리조차 힘이 없었다.

"3학년은 열외 아닌가?"

성균이가 투덜거렸다. 여덟 반 학생들이 한꺼번에 꼬물거리는 모습은 장관이었다. 말로만 들었던 예비군 훈련이 이런 분위기일까. 다들 건성으로 체조를 따라 할 뿐이었다. 하얗게 뜬 애들의 얼굴이 꼭 병자 같았다. 그 모습을 지켜

보던 체육 선생이 결국 핏대를 세웠다.

"야, 이 새끼들아, 몸 제대로 안 풀어!"

학생들은 잠시 움찔할 뿐 변화가 없었다.

"이거 체력 평가, 학생부에 찍히는 거 알지? 작년보다 등급 떨어지는 놈들 알아서 대학 가라. 응?"

학생들은 이제야 긴장한 모양새였다. 방금까지 구시렁거리던 성균이도 목과 손목, 발목까지 열심히 몸을 풀었다. 공부도 모자라 체력도 등급 타령이라니.

"대학에서 진짜 체력 평가도 반영해?"

"글쎄, 그런 얘긴 처음인데."

학생들은 대체로 의심했지만 일단은 찝찝하니 체육 선생 말에 따르는 분위기였다. 우리 반은 윗몸일으키기부터 했다. 어떤 애는 방아깨비처럼 움직여 최고 기록을 세웠고, 다른 애는 얼마 못 가 껄떡거리기만 했다. 나는 겨우 미달을 모면했다.

그다음 악력 테스트에서 나는 절망에 빠졌다. 이를 악물고 악력기를 꾹 쥐었는데도 도무지 30킬로를 넘길 수 없었다. 커트라인에도 한참을 못 미쳐 결국 미달되었는데, 친구들이 내 덩치가 '무쓸모'라고 놀리는 통에 기분만 나빠졌다.

왕복 오래달리기에서 나는 완전히 쓰러지고 말았다. 56회 이상 왕복해야 하는데, 40회도 못 채우고 바깥으로 기어 나왔다. 작년에는 통과했던 종목이었다. 책상에만 앉아 있어서 그런지 저절 체력이 됐다. 모랫바닥이고 뭐고 일단 벌러덩 누웠다.

"얀마, 일어나! 뛰고 나서 바로 누워 있으면 어떡해!"

결국 체육 선생의 호통에 일어나야 했다. 몸을 벌떡 일으켜 세웠더니 이번에는 어지러워서 휘청거렸다. 나는 결국 체육 선생에게 말하고 화장실로 향했다.

혼자 외딴곳에 가는 기분이 비참했다. 운동장에선 기합 소리와 응원하는 소리가 새어 나오는데, 무리에서 홀로 떨어진 양이 된 듯한 기분이었다.

졸졸졸.

물을 틀어 놓고 한참 생각에 잠겼다. 나는 공부도 신통치 않고, 체력도 바닥이고, 내세울 특기도 없다. 이렇게 살아서 무슨 유익이 있을까. 그저 똥 만드는 기계밖에 더 될까. 아까 친구들이 '무쓸모'라고 놀렸던 말이 머릿속에서 메아리쳤다. 내 인생은 정말 쓸모없어 보였다. 기껏 이런 체력 평가 하나도 통과하지 못해서야, 엄마 말대로 나중에 사람 구실이나 할 수 있을까.

부정적인 생각이 들 때는 결국 주문을 외우는 수밖에 없다. 나는 아까보다 물을 더 세게 틀어 놓고 중얼중얼했다.

"난 똥 만드는 기계 아니야."

"난 똥 만드는 기계 아니야."

"난 똥 만드는 기계 아니야."

몇 번을 해도 후련해지지 않아 손 씻기를 반복했다. 똥 묻은 손을 닦기라도 하듯 손가락 사이까지 구석구석 통증이 느껴질 만큼 문질렀다. 깨끗이 씻어 내고 싶었다. 하지만 세면대에 손이 닿는 바람에 처음부터 다시 했다. 손이 얼얼했다.

나가려고 보니 문이 닫혀 있었다. 손잡이를 만지는 순간 깨끗해진 손이 다시 더러워질 것 같았다. 한참을 고민하다가 어깨로 문을 밀었다. 그리고 닫히기 전에 재빨리 빠져나왔다.

운동장은 이런 나와 상관없이 시끌벅적 잘 돌아가고 있었다.

10

엿 같은 상황

어제 봤던 모의고사 가채점 결과는 처참했다. 다른 애들도 문제가 어려웠다고 아우성이었지만, 내 점수의 폭락은 그런 범주를 초월했다. 시험지에 그어진 무수한 사선이 커터 칼로 내 가슴을 그은 듯 쓰라렸다.

가장 큰 관문은 엄마다. 이번 모의고사가 어려웠다고 말해도 엄마는 등급으로 따지고 들 게 분명했다. 집중하지 못했다고 솔직히 말했다가는 후환이 두려웠다. 엄마는 내가 통영에 다녀온 다음 날부터 다시 카리스마를 발휘했다. 그런 엄마에게 핑계가 통할 리 없다. 게다가 앞으로 잘하겠다고 다짐도 하지 않았던가.

결국 나는 일을 저질렀다.

"어려웠어도 풀 만했어. 가채점 결과만 보면 오른 것 같은데."

일단 이렇게 엄마를 안심시켰다. 나중에 답안지를 밀려 썼다는 핑계를 댈 작정이었다. 엄마는 모처럼 긍정적인 답을 들어 기분이 좋았는지 야식으로 고구마치즈 그라탱까지 대령했다. 머지않아 성적표가 나올 그날이 더욱 두려워졌다. 그라탱이 입으로 들어가는지 코로 들어가는지 모를 정도였다.

옆에서 같이 오물거리던 수학 과외 깡통쌤이 내 생각을 읽은 것처럼 물었다.

"어제 모의고사 쳤다고 안 했냐? 시험지 줘 봐."

순간 오만가지 생각이 머릿속을 교차했다. 깡통쌤에게 비밀로 할 것인가, 아니면 아군으로 끌어들일 것인가. 이 사람은 엄마에게 일러바칠 사람인가, 신뢰할 만한 사람인가. 나는 고민 끝에 애원하듯 말했다.

"쌤, 아직 엄마한테 말을 못 했는데요. 알면 저 죽어요. 비밀로 해 주세요."

그러면서 시험지를 건넸더니 깡통쌤의 표정이 가관이었다. 당장 제자의 지위를 박탈하고 싶은데, 그러면 생계유지가 곤란하니 부단히 참겠다는 의지가 스멀스멀 피어나고 있었다. 나는 옆에서 눈치 보다가 간신히 말을 꺼냈다.

"집중을 잘 못했어요."

"이건 집중의 문제가 아니야."

깡통쌤의 목소리는 단호했다.

"그러면……?"

"네 마인드의 문제지."

그러고는 문제 두 개를 가리켰다.

"네가 수학을 잘해 볼 마음이 있었다면 이거랑 이거는 당연히 맞혔어야지. 바로 지난주에 설명해 준 거잖아. 기억 안 나? 코시-슈바르츠 부등식."

좀처럼 화를 내지 않는 깡통쌤이 비난조로 말했다. 나는 무거운 마음에 고개를 푹 숙였다. 고객을 의기소침하게 만들면 안 된다는 신조를 지닌 깡통쌤이 한숨을 한 번 쉬고는 말했다.

"남은 시간은 틀린 거 같이 풀어 보자. 비슷한 문제 또 틀리면 안 되니까."

열띤 설명이 이어졌고, 나는 이해하든 못하든 고개를 끄덕였다.

내 성적에 열 올리는 사람이 여럿 있다는 건 어찌 보면 복에 겨운 일이다. 하지만 내 성적이 누군가의 목표가 되면 얘기가 다르다. 그 사람들의 장단에 맞춰 줘야 한다. 당장 엄마가 그랬고, 실태를 파악한 깡통쌤이 그랬다. 어느덧 나는 깡통쌤이 반드시 갱생시켜야 할 목표가 되어 있었다.

과외 수업이 끝나고 깡통쌤이 현관문을 나설 때, 나는 평소보다 두 배로 눈치를 살폈다. 엄마의 세련된 미소와 인사말 속에 담긴 심문에 깡통쌤은 쉽사리 본심을 드러내지 않았다.

"이번 모의고사 문제가 상당히 어렵던데요."

오히려 자신의 안위 보전에 밑밥 까는 말을 던져 놓고 갔다. 어찌 보면 나랑은 운명 공동체니 내 편이 돼 주는 게 맞을 것이다. 엄마는 점수가 오른 것 같다는 내 말이 기억난 듯 얼굴에 미소가 가득했다. 어쨌든 한 고비 넘겼다.

진짜로 넘어야 할 고비는 영어였다. 영어야말로 엄마와 죽이 척척 맞는 감시자이기 때문이다. 모의고사를 봤던 화요일에 영어가 시험지를 요구했고, 나는 학교에 두고 왔다고 둘러댔다. 철두철미한 영어는 숫제 5월 모의고사 시험지를 어디선가 구해 왔다. 내가 오늘도 시험지를 안 보여 줄 것을 간파한 것이다.

이미 한 번 풀었던 문제인데도 쩔쩔맸다. 듣기 문항을 제외한 나머지를 푸는 데 40분을 넘겼다. 영어가 옆에서 5분 남았다는 말을 할 땐 더욱 부담감이 몰려왔다.

"영어는 절대평가인 거 알지? 문제 어렵다고 징징거려도 아무 소용없다."

팔짱을 끼고 으름장 놓는 영어였다. 내가 꺼낼 핑계를 사전에 차단해 버리다니. 결국 모의고사를 볼 때와 별다르지 않은 정답을 적고서 시험지를 내밀어야 했다. 영어는 사인펜으로 시험지를 빠르게 채점했다. 정답을 맞혔을 때 나는 기이익 소리보다 틀렸을 때 나는 끽 마찰 소리가 귀에 거슬렸다.

"후우……."

채점을 끝낸 영어가 한숨을 푹 쉬었다. 한동안 침묵이 흘렀다. 한숨을 백만 번쯤 쉬고 싶은 건 나인데, 어제도 그렇고 오늘도 마찬가지로 다른 사람이 그러고 있었다. 영어는 무겁게 입을 열었다.

"듣기평가에서 정답을 다 맞혔다고 가정해도 이건 좀 심각한데."

"……."

"내가 무슨 말을 더 해 줘야 하니."

할 말이 없었다. 영어가 내게 해 줄 수 있는 것은 다 했다고 인정한다. 그러니 이번 결과는 순전히 나 때문이다. 영어는 서로의 과실을 가리듯 말했다.

"공부란 게 말이야, 아무리 떠먹여 줘도 스스로 즐기지 않으면 소용없어. 너는 좋은 대학 가서 멋진 여자 친구 사귀어 보고 싶은 마음 없니?"

나는 진심으로 심각해져서 반문했다.

"저 같은 애도 좋은 대학 가면 멋진 여자 만날 수 있어요?"

"뭐, 확률이 높아진다는 거지."

떨떠름한 영어의 표정을 보니 내 반응이 자신의 의도와 달랐던 모양이다. 영어가 다시 단도직입적으로 말했다.

"어쨌든, 네가 공부에 동기부여가 될 만한 건 스스로 찾아야 해. 그게 대학이든, 장래 희망이든, 여자 친구든."

영어의 일장 연설은 한동안 계속됐다. 원어민에 가까운 외래어 발음을 구사하면서 자신의 수험 생활 자랑도 늘어놓았다. 나는 어제와 마찬가지로 경청하는 척했다. 그래야 마지막에 이 말을 꺼낼 수 있기 때문이었다.

"저…… 엄마한테는 아직 말하지 마세요. 제가 상황 봐서 얘기할게요."

영어가 고개를 갸웃하며 양손을 으쓱하는 서양식 몸짓을 했다.

"왜? 얼마 안 가 탄로 날 게 뻔한데. 매도 먼저 맞는 게 낫지 않아?"

"엄마가 요즘 안 좋아 보여서요. 지금 얘기하는 건 아닌 것 같아서……."

거짓말이었다. 엄마는 어제 점수가 오른 것 같다고 얘기한 뒤로 기분이 최고조에 달해 있었다. 오늘도 수제 피자를 구워 주었으니 말이다. 이럴 때 폭탄을 터뜨리기엔 부적절하다. 따라서 영어가 염려할 만한 방식으로 협상할 수밖에 없었다.

"그래 봐야 득 될 게 없을 텐데."

곧바로 모의고사 문제 풀이에 들어갔다. 나는 설명이 머리에 들어오지 않았다. 오로지 영어가 수업을 끝내고 돌아갈 때 엄마에게 사실대로 말하느냐 그렇지 않느냐가 관건이었다. 영어는 얼빠진 내게 몇 번이나 주의를 줬다. 걱정이 앞서다 보니 잘 듣는 척하기도 어려웠다.

영어를 배웅하려고 현관 앞에 섰는데 심장이 두근거렸다. 영어는 뾰족구두를 한참 동안 신으면서 엄마와 시끄럽게 수다를 떨었다. 누가 보면 조카와 이모 사이인 줄 알 것이다. 엄마는 늘 그렇듯 감시의 촉수가 달린 작별 인사를 했다.

"태훈이가 선생님을 만나서 다행이에요. 그전에는 독해력이고 문법이고 전부 다 엉망이었는데."

영어는 살짝 당황한 듯하더니 잠시 나와 눈을 마주치며 말했다.

"태훈이가 열심히만 하면, 앞으로 더 좋아질 거예요."

역시 고단수답게 엄마와 나를 모두 안심시키는 대답을

했다. 엄마는 연신 "그래야지요." 하며 영어를 배웅했다. 현관문이 닫히며 바람이 일었을 때 비로소 나는 겨드랑이에 땀이 잔뜩 났다는 사실을 깨달았다.

엄마는 영어를 보낼 때의 표정 그대로 거실 소파에 앉으며 물었다.

"아들, 내일 선생님한테 말씀드리고 야자 하루 빠질 수 있어?"

"왜?"

"같이 갈 데 있어서."

"어디?"

의외의 제안에 나는 반사적으로 물었다. 엄마 입에서 야자를 빠지고 오라는 말은 고등학생이 되고 나서 처음 있는 일이었다. 엄마는 리모컨을 만지작거렸다.

"유명한 입시학원 원장님이 계신데, 어렵게 약속 잡았어. 내일 저녁때 잠깐 시간 되신다더라. 네가 자신감 붙었을 때 상담 받아야지."

갑자기 뒤통수가 띵했다. 거기 가면 내 성적을 까발리고 감당하기 힘든 '팩폭'을 행사할 게 분명했다. 그러고는 뻔한 결말로 자기 학원에 등록하라고 권유할 것이고, 엄마는 과외를 피해 주말 반에 나를 집어넣을 공산이 컸다. 머리에서 그림이 환히 그려지는데 엄마는 뭐가 그리 좋은지 홍얼

거리듯 말했다.

"우리 아들, 이번에 모의고사 잘 봐서 마음이 놓여."

뜨끔.

"지금부터 조금씩 올리면 스카이는 몰라도 인서울은 충분할 것 같은데? 누나처럼 너도 공부가 늦되는 타입인 것 같아. 좀 많이 늦긴 했지만."

나도 모르게 한 걸음 물러섰다. 엄마답지 않게 웬 설레발이지? 나도 감히 맛보지 못하는 김칫국을 사발째 후루룩 들이마시고 있다니. 5월 모의고사 성적표가 나오는 날이 내겐 종말의 날이 아닐까.

"아들이 잘해 보겠다고 하니까 엄마도 기운이 나네. 먹고 싶은 거 있으면 말해."

"······살찌는데."

엄마가 주는 부담감을 소심한 말로 밀어낼 수밖에 없었다. 차라리 평소처럼 눈을 부라리며 잔소리를 해 주면 마음이 편하겠다. 나의 얼토당토않은 거짓말에 엄마의 무한 긍정과 갑작스러운 입시 상담까지 나비효과처럼 벌어지다니. 다시 모의고사 보기 전으로 돌아갈 수는 없는 걸까. 이 말도 안 되는 압박에서 벗어날 수는 없을까. 나는 사막에서 오아시스를 찾듯 말했다.

"나 인터넷 10분만."

엄마는 흔쾌히 모니터를 켜고 비밀번호를 입력했다. 숫제 콧노래를 흥얼거리면서. 예전 같으면 어림도 없었다. 자신의 기대치를 채워 줄 것으로 믿는 엄마의 행동은 비밀을 숨기고 있는 내겐 카운터펀치와 같았다. 나는 엄마가 들어갈 때까지 눈치 보다가 재빨리 메일함을 열었다. 날마다 한 도시씩 사진을 보내오던 동기가 오늘은 소식이 없었다. 왠지 녀석의 근황이 궁금해졌다. 내가 이러는 사이에 녀석은 자전거 타고 유유히 남해안을 돌고 있다고 생각하니 약이 올랐다.

학교에서 급히 돌려 보느라 제대로 감상하지 못한 사진들을 열어 보았다. 제일 먼저 '거제' 폴더를 열었는데, 다른 압축파일보다 사진이 제법 많았다. 그중 가장 눈에 띈 건 바다 한가운데 우뚝 솟은 산이었다. 섬이라 하기엔 산세가 웅장하고, 산이라 하기에는 밑으로 흐르는 바다가 너무나 깊어 보였다. 결코 공존하지 않을 것 같은 두 가지 자연이 기묘하게 어우러졌다.

다음 사진은 흑백이었다. 멀리 망망대해가 펼쳐지고 그 아래로 파도를 온몸으로 받아 내고 있는 조약돌들이 클로즈업되어 있었다. 멈춰 있는 사진이었지만 생기로운 포말을 보니 조약돌이 물결에 따라 데구루루 굴러다니는 모습이 저절로 그려졌다. 마치 세파에 흔들리고 풍파에 넘겨졌다 일어나는 우리들 모습 같아 잠시 뭉클했다. 분명 이건 세상의 안부를 묻는 사진 중 하나일 것이다. 이젠 알아볼 수 있다.

파일이 유독 많은 건 같은 자리에서 연속으로 찍은 사진들 때문이었다. 섬과 섬이 연결된 큰 다리와 주변 해안가의 일몰 풍경이었는데, 몇 분 간격으로 찍어 사진이 점점 어두워지고 있었다. 빠르게 넘기니 하늘의 구름이 흘러가는 모양새가 마치 애니메이션 같았다. 노출이 길어서인지 자동차의 불빛이 레이저처럼 이어졌다. 어두워질수록 그것은 더욱 도드라졌다. 저 불빛은 사람 사이의 끈을 상징하는 걸까. 세상이 혼탁해도 인간의 정은 이어질 것이라는 뜻일까.

정신없이 사진을 보고 나니 10분이 훌쩍 지나갔다. 내 마음의 빈 공간을 10분으로 채우기엔 턱없이 부족했다. 통영의 바다를 직접 본 뒤로 사진은 100프로 나를 만족시켜 주지 못했다. 내일이면 학원에 끌려가 입시 전략을 세운다는 명목으로 실태를 난도질당할 것이다. 그리고 다음 주에 모의고사 성적표가 나오면 나는 집에서 쫓겨날지도 모른다. 거짓 평화가 오래갈 순 없다. 호흡이 가빠지며 불안감이 몰려왔다. 더 있으면 눈치만 보이므로 컴퓨터를 끄고 방에 들어왔다. 네 평 남짓한 공간에 홀로 빛나는 스탠드가 나를 멀뚱히 바라보고 있었다.

평소라면 샤프심을 부러뜨린다든지 주문을 외울 텐데 지금은 그럴 의욕도 없었다. 불확실한 미래의 두려움이 아니라, 확실히 닥쳐올 재난 때문이었다. 숨이 턱 막혔다. 책상 앞에 앉았지만 아무것도 할 수 없었다. 생각해 보니 답안지를 밀렸다는 변명은 전 과목이 고루고루 망한 탓에 소용없을 것 같았다. 예리한 엄마가 그것도 구분 못 할 리 없다. 이런 기분으로는 도저히 입시 상담을 받을 수 없었다.

나는 휴대폰을 물끄러미 바라보았다. 그러곤 한참 뒤에야 화면을 열어 동기의 메일에 답장 버튼을 눌렀다.

지금 어디야?
한 번 더 만나러 가도 돼? 바다가 보고 싶어서.

빠르게 입력하고 전송까지 눌러 버렸다. 적어도 반쯤은 진심이었다. 당장 어디론가 떠나지 않으면 미쳐 버릴 것 같았다. 전화기가 없는 녀석에게 연락할 수단은 이메일이 유일하기에 나는 답장이 올 때까지 기다릴 수밖에 없었다. 당장에라도 엄마가 방문을 노크할까 두려웠다. 다리가 제멋대로 달달 흔들렸다. 문제집의 글은 당연히 머리에 들어오지 않았다. 탁상시계가 움직이는 소리만이 재깍재깍 들려올 뿐이었다.

참으로 긴 밤이었다.

　내일은 금요일이고 지금 창밖에는 가랑비가 추적추적 내리고 있었다. 비가 오면 잡생각이 많아지곤 하는데, 대부분 부정적인 생각이었다. 엄마에게 거짓말을 했다는 두려움이 가장 컸고, 동기의 답장이 어떻게 올지 경우의 수를 따져보는 상상이 뒤를 이었다.

　입시 상담은 저녁 7시로 잡혀 있었다. 엄마 말대로 야자를 빼려고 종례하자마자 담임을 찾아갔다. 교무실에는 동기 때문에 불려 간 이후로 열흘 만이었다. 바깥이 흐려 교무실은 으스스해 보였다. 담임 자리는 온갖 책과 교구로 덮여 있었다. 담임도 지저분한 책상이 신경 쓰였는지 한쪽으로 싹 밀치며 나를 맞았다.

"어, 왜?"

"오늘 저녁에 일이 있어서요."

"무슨 일?"

"엄마랑 입시 상담 받으러 가야 해서……."

"그래서 야자를 빠지시겠다?"

　담임은 이 시간에 찾아온 용건이라면 뻔하다는 듯 짓궂게 웃었다. 표정은 젊은데 머리숱 때문에 늙어 보여 밸런스가 맞지 않았다. 굳이 부연설명을 할 필요를 못 느껴 주뼛거렸더니 담임이 물었다.

"나하고 상담하는 걸로는 부족해서 학원 강사를 만나는 건가?"

공교육 종사자로서 사교육 강사를 견제하는 듯한 발언이었다. 둘 간의 알력이야 내 알 바 아니고, 내가 원해서 가는 게 아니라는 표정을 지어 보이는 것이 최선이었다. 담임은 검은 표지로 된 명부를 뒤적거리며 말했다.

"엄마한테 전화해 볼 건데 괜찮지?"

그러곤 내게 엄마 연락처를 보여 주었다. 내가 지금 거짓말을 하는 중이라면 긴장했을지도 모르지만, 정말로 떳떳하기에 그러라고 고개를 끄덕였다.

"켕기는 게 없다면 가 보도록."

허락을 받자마자 당당하게 뒤돌아 갔다. 그런데 교무실 문간을 나설 무렵,

"나태훈."

담임이 다시 불러 세웠다. 나는 말없이 뒤를 돌아보았다.

"동기한테 연락받은 적 있냐?"

이번엔 뜨끔했다. 순간 뭐라 대답해야 할지 판단이 서지 않았다. 그래도 담임이 묻는다는 건, 동기의 사진을 본 애들 중에 아직은 고자질한 사람이 없다는 뜻이다. 나는 최대한 무심하고 성의 없는 목소리를 연출했다.

"……아뇨."

"알았다. 가 봐라."

담임 목소리는 밑 닦고 버리는 휴지처럼 무심했다. 다시 꾸벅 인사하고 교무실을 빠져나왔다. 일렬로 배열된 난초가 선생들처럼 꼿꼿이 서서 날 바라보고 있었다.

책가방을 챙겨 학교를 나서는데 비가 더욱 굵어졌다. 우산을 펼치자 후두두 물방울 소리가 귀를 간질였다. 비를 온몸으로 맞아 보고 싶은 충동이 들었으나, 교복이라는 생각에 접어 두었다.

휴대폰 전원을 켰다. 통신사의 로고와 테마 송이 흘러나오며 몇 번 깜빡거린 뒤에 화면이 나타났다. 편리한 문명의 이기인 동시에 나를 감시하는 도구였다. 젖은 횡단보도 앞에 섰을 때쯤 이메일에 들어가 보았다.

받은 편지함(1)

점심시간까지도 소식이 없었는데 새 편지가 와 있었다. 발신인 천동기. 생각할 새도 없이 제목을 눌렀다.

나 지금 부산인데. 올 테면 오든가.

짤막한 답장엔 나 따위 오든 말든 상관없다는 식의 말투가 생생히 구현돼 있었다. 해남에서 시작한 녀석이 벌써 부산이라니. 적토마 같은 놈이다. 동기라면 내게 다시금 활력소가 되어 주지 않을까. 낮에 많은 경우의 수를 저울질했지만 이미 내 머릿속엔 오로지 그곳에 가야 한다는 생각만 남아 있었다.

일단 나는 비를 피하기 위해 버스 정류장 안으로 들어갔다. 마침 가방엔 한 달 치 독서실 요금 9만 5천 원이 들어 있었다(현금으로 내면 5천 원을 깎아 준다). 떠나려면 지금도 가능했다. 다만 내일 몰래 갈지, 오늘 바로 갈지가 문제였다.

지난 일요일처럼 독서실에 간다고 속이고 내일 아침 버스를 타면 들킬 확률은 줄어든다. 요즘 엄마의 기분이 상승 모드라 일일이 감시하는 문자를 보내지 않을 수도 있다. 그나마 안전한 방법이었다.

하지만 지금 당장 학원에 끌려가 입시 상담을 받는 건 끔찍한 일이었다. 내 점수로 갈 수 있는 대학이 변변찮다는 걸 군이 전문가가 확인 사살하지 않아도 된다. 게다가 5월 모의고사 성적이 나오면 사태는 걷잡을 수 없이 커진다. 엄마는 나를 학원의 주말 반에 강제로 등록할 것이다. 이런 엿 같은 상황, 피하고 싶다.

고민이 깊어지는 만큼 비는 거세졌고 정류장에 머무르는 시간도 길어졌다. 집까지 걸어가는 길이 그저 막막했다. 가기 싫은 마음을 주룩주룩 내리는 비가 더해 주었다. 정말로 집에 들어가고 싶지 않았다.

그때 버스 한 대가 다가오고 있었다. 대전역행. 나를 부산에 데려다줄 수단이었다. 결단의 순간이 너무나 갑작스럽게 찾아왔다. 내 앞에 멈춰 선 버스의 문이 열렸고 뒷문으로 승객들이 내리고 있었다. 몇 초의 시간이 몇 분처럼 길게 흘러갔다. 나는 우산을 꾹 쥐었다.

"……."

결국 못 이기는 척 버스에 올라타고 말았다. 앉자마자 전화기를 꺼 버렸다. 도저히 후폭풍을 견뎌 낼 자신이 없었다. 당장 숨이 트였으면 했다. 나는 그저 살고 싶었다. 돌아오는 일은 생각하고 싶지 않다.

차창에 잔뜩 맺힌 빗방울 수만큼 기분이 심란했다.

11

탈출 - 부산 1

나의 결행에 처음으로 후회한 건 대전역에 도착해 부산행
KTX 티켓을 끊을 때였다. 고등학생 요금이 36,200원…….
눈에서 별이 보일 지경이다. 혼자서 기차를 타고 떠나 본
적 없는 내가 순간 한심해 보였다. 좀 더 저렴한 무궁화 열
차나 시외버스는 없나 검색해 봤더니 소요 시간이 길어 포
기할 수밖에 없었다. 이제 와서 돌아갈 수도 없는 터라 표
를 들고 플랫폼으로 터덜터덜 걸었다.

동기에게 출발한다는 소식을 전하려고 잠시 휴대폰을 켰
는데 화면이 들어오기 무섭게 전화벨이 울렸다. 엄마였다.
떨리는 손으로 수신 거절을 눌렀다. 벌써 부재중 전화가 세
통이나 와 있었다.

기차 타고 부산으로 간다.

20:06 도착. 보면 전화해.

　동기에게 편지를 발송하자마자 또 전화벨이 울렸다. 손에 징그러운 벌레라도 붙은 듯 재빨리 더듬어 잠잠하게 했다. 전화기를 멀리 던져 버리고 싶었다.

　저녁 6시 28분 부산행 기차는 한 줄기 바람과 함께 미끄러져 들어왔다. 내 자리는 오른쪽, 바깥 풍경이 잘 보이는 창가 자리였다. 앞뒤 사람은 가림막을 내려놓았는데 나는 그렇게 하지 않았다. 날씨가 흐려 우중충한 기운이 가득했지만 창밖을 바라보는 것만으로 심란했던 마음이 가라앉는 느낌이었다.

　옆자리는 아직 비어 있었다. 대합실 편의점에서 사 온 삼각김밥을 먹었다. 엄마와 몸에 좋고 비싼 음식을 먹는 것보다 훨씬 마음이 편했다. 교복 넥타이를 풀고 셔츠 단추까지 두어 개 풀어 헤치니 조금 살 것 같았다. 처음부터 떠날 걸 계획했으면 사복을 챙겨 왔을 텐데.

　발광하던 전화기는 한 시간쯤 지나 잠잠해졌다. 처음엔 그저 당황해서 수신 거절을 누르기 바빴는데, 시간이 갈수록 휴대폰 진동 소리와 화면에 뜬 '엄마' 이름을 바라보는 것에 은근 재미를 느꼈다. 지금 나를 어쩌지 못하는 엄마가 왜 이리 고소한지. 이렇게 된 이상 집에 돌아가지 않으리라 생각하니 엄마에 대한 두려움이 사라져 버렸다.

우우웅. 우우우웅.

잠시 후, 주머니 속에서 휴대폰이 다시 몸부림쳤다. 또 엄마인가 싶어 신경질적으로 휴대폰을 꺼내 들었는데 전혀 모르는 번호로 전화가 걸려 왔다. 누가 걸었는지 부쩍 의심이 들어 한참 고민하다 받았다.

"여보세요."

"또라이 새끼."

허스키하면서 명확한 음성. 수화기 너머로 들려온 목소리는 익숙했다. 나는 인사를 생략하고 말대꾸했다.

"나 또라이 아닌데."

"찌그러져 공부나 할 것이지, 뭐 하러 또 와."

지난주에 돈 빌려 달라고 부탁할 땐 언제고 이렇게 쌀쌀맞은지. 동기의 너무나도 자기본위적인 태도에 다시 적응하느라 머리가 띵했다. 녀석의 불손함에 화내 봐야 감정 낭비다. 내가 부산역으로 나와 줄 수 있느냐고 묻자, 동기는 그러려고 전화한 거 아니겠냐고 대꾸했다. 우린 부산역 광장에서 8시 10분쯤 보기로 하고 금방 통화를 끝냈다. 녀석의 목소리를 확인하니 조금 안심이 됐다. 그러고는 소임을 다한 휴대폰 전원을 끄고 아예 가방에 던져 넣어 버렸다.

대구를 지나면서부터 비가 멎고 하늘이 보이기 시작했다. 어두워진 서쪽 하늘에 구름 사이로 큰 별이 하나 떠 있었다. 저게 금성이라고 했던가. 스스로 빛을 내지 못하는 별이 영롱하게 빛나는 모습은 엉뚱하게 위안이 됐다. 내 인생도 먹구름에서 벗어나 반짝이는 날이 올까. 집에서 멀어지니 생각이 온통 감상적이다.

부산역에는 정확히 예정 시각에 도착했다. 1시간 40분만에 대전에서 부산까지 오는 현대문명에 감탄을 표하는 것도 잠시, 나는 역 안을 헤매야 했다. 처음 와 본 데다 역이 복잡해서 광장으로 통하는 출구를 찾기가 쉽지 않았기 때문이다. 한참을 돌아 9번 출구를 찾았고, 결국 약속 시각보다 늦게 나오고 말았다.

부산에도 비가 왔는지 바닥이 흥건히 젖어 있었다. 도로에 물웅덩이가 듬성듬성 보였다. 녀석은 멀리서 봐도 자신이 천둥기라는 듯, 둥그런 조형물 앞에 우두커니 서 있었다. 나는 곧장 뛰어가 어색한 말투로 인사를 건넸다.

"여어, 또 보네."

동기는 인사 대신 나를 위아래로 훑어봤다. 그러고는 퉁명스레 물었다.

"웬 교복이냐."

"아, 학교에서 바로 오느라고."

조금만 더 파고들면 나도 너처럼 집 나왔노라고 고백할 터였는데 녀석은 그 이상 묻지 않았다. 홱 돌아서는 게 무심하기 짝이 없는 놈이다. 나는 동기 뒤를 조용히 따라 걸었다. 주변을 둘러보니 부산 시가지는 내가 살던 곳과 조금 달랐다. 건물이 오밀조밀하지 않고 확 트인 느낌. 내 생각을 동기에게 말했더니 다짜고짜 이런 말이 돌아왔다.

"장님이 코끼리 만진다는 게 널 두고 하는 말이지."

이 근처만 그렇게 보일 뿐이라는 말을 꼭 저따위로 해야 하나. 담아 두면 손해나. 녀석은 여기서 오래 살았던 것처럼 어슬렁어슬렁 걸었다. 푸른 티셔츠와 슬리퍼는 어디서 났는지 제법 잘 어울렸고, 녀석의 자유로운 생활을 대변해 주었다.

"부산엔 언제 왔어?"

"어제."

"부산은 커서 하루 만에 다 못 도는 거야?"

동기는 아예 못 들은 것처럼 말이 없었다. 녀석이 대답하지 않는 건 '그렇다.'라는 대답으로 봐도 무방했다. 물어보고 싶은 게 더 많았는데 분위기상 미뤄야 했다. 어느덧 맑게 갠 밤하늘에 약간 찌그러진 보름달이 떠올라 있었다. 우리는 한참 더 걸었다. 동기가 멈춘 곳은 버스 정류장이었다.

"자전거는?"

"대 놓고 왔어."

멈춰 선 다음에야 녀석의 모습을 찬찬히 살펴볼 수 있었는데 확실히 지난주보다 말끔해져 있었다. 안경을 여전히 안 썼지만, 면도를 했고 옷도 더러워 보이지 않았다. 카메라를 사선으로 멘 것만이 지난주 모습과 유일한 공통점이었다.

"바다 보고 싶다며. 부산에 왔으면 해운대 한번 가 줘야지."

녀석이 입꼬리를 올리며 말했다. 남들 다 가니 너도 유행 따라 가 봐야 하는 거 아니냐는 냉소였다. 나는 그런 동기의 비웃음을 간파하고 반문했다.

"너야말로 그곳에 안부 물으러 가야 하는 거 아냐?"

카메라만 보고 내뱉은 추측성 발언이었는데 녀석의 웃음이 흡족함으로 바뀌었다. 제대로 짚은 모양이었다. 동기는 처음으로 호의적인 목소리를 냈다.

"그럼 가자고."

해운대로 가는 급행버스는 하늘을 나는 듯 빨리 달렸다. 부산의 시가지가 더 시원해 보인다는 내 생각은 녀석 말대로 착각에 불과했다. 조금 뒤 답답하고 빼곡한 도심지가 지루하게 펼쳐졌다. 여기가 항구 도시가 맞는지 의심스러울 정도였다. 그러다 갑자기 해안가의 모습이 불쑥 드러나 종잡을 수 없는 풍경이 이어졌다.

버스에 머무는 동안 동기와 많은 대화를 나누지는 못했지만, 녀석의 근황은 대강 파악이 됐다. 동기는 지금 사촌형 자취방에서 머물고 있었다. 어쩐지 말끔해 보이더라니. 이곳 부산은 마지막 일정이었고, 녀석은 종착지에 다다라 한껏 여유를 부리는 중이었다.

넓은 해변이 보이기 시작했다. 동기가 좌석에서 벌떡 일어서기에 나도 뒤따랐다. 버스는 놀라울 만큼 해변에 가까이 정차했다. 내리자마자 맡아지는 짭짤한 냄새가 해방감을 증폭시켰다. 층수를 헤아릴 수 없는 고층 빌딩이 즐비했고, 바다로 뻗은 모래사장엔 예쁜 조명이 더해져 밤바다의 매력을 뽐냈다.

물결에 가까워질수록 파도 소리가 실감 나게 들려와 막혀 있던 마음을 두드렸다. 나는 불현듯 끓어오르는 충동을 참지 못하고 바다 쪽으로 힘껏 내달렸다.

"와아악!"

함성도 비명도 아닌 소리. 파도에 부딪혀 초라하게 부서지고 말았다. 내가 지르고도 민망했다. 동기는 흘끔 돌아볼 뿐 다시 앞장섰다. 미친놈 쳐다보듯 안 해서 고마울 따름이다. 악을 쓰다가 턱까지 흐른 침을 쓱 닦았다. 그래도 기분은 후련했다. 주변에 사람이 없는 것도 밤바다의 매력이었다. 우린 한동안 말없이 파도의 경계를 따라 걸었다. 바람이 휙, 머리를 헝클고 지나갔다.

옆을 보니 첩첩이 자리 잡은 고층 빌딩에 보석 같은 빛 알갱이가 수놓아져 있었다. 빌딩 꼭대기마다 네온사인이 반짝거려 왕관처럼 보였다. 검은 하늘과 드넓은 해변, 그 중간에서 빛나는 야경이 너무 비현실적으로 보여, 내가 지금 영화 주인공이 된 듯한 착각마저 들었다.

"여기 홍콩 같아."

동기는 내 감탄을 무심히 받았다.

"홍콩에 가 보긴 했어?"

"아니."

"거긴 여기보다 심해."

나는 순간 홍콩의 야경이 부산보다 낫다는 말로 이해했다. 그런데 녀석의 말엔 뼈가 있었다. 뭐가 심하다는 건지 물어보려는데 녀석이 돌연 카메라를 들어 올렸다. 찰칵찰칵, 감각적으로 울려 퍼진 기계음이 귓속을 파고들었다.

동기가 찍은 곳을 물끄러미 바라보았다. 내 눈에는 화려한 빌딩만 보일 뿐이었다. 해안가를 따라 촘촘히 배열된 가로등도 아름다워 보였다.

"밤에 보니 그나마 덜 흉물스럽군."

동기가 카메라 액정 화면을 들여다보며 혼잣말을 했다.

내 느낌과는 정반대의 말이었다. 나는 궁금함을 참지 못하고 녀석의 옆에 서서 쳐다봤다.

"뭐가 흉물스러운데?"

"알아서 뭐해."

동기의 말투는 퉁명스러웠지만, 알려 주지 않겠다는 뜻으로 들리진 않았다. 오히려 더욱 적극적인 관심을 보여 달라는 투정처럼 들렸다. 그렇지 않으면 혼잣말을 나 들으란 듯 지껄이지 않았을 테니까. 나는 기꺼이 장단에 맞춰 주었다.

"궁금해서 그런다, 왜."

그제야 동기는 액정 화면을 보여 줬다. 낮 사진이었는데, 고층 빌딩들 옆에 웬 언덕 마을이 보였다. 주변에 비해 낮은 건물이 밀집해 왠지 초라해 보였다. 아무래도 방금 찍은 곳인 듯한데, 지금은 어두워 언덕이 잘 보이지 않았다. 녀석은 처음부터 해운대 야경이 아니라 이걸 찍으려 했던 건가. 그동안 보내온 사진에도 달동네가 간간이 섞여 있었기에 나는 대수롭지 않게 말했다.

"또 달동네 사진이야?"

"아니."

그러곤 침묵했다. 조용히 셔터만 누르고 있을 뿐이었다. 아니라 했으면 그에 따른 설명을 해 줘야 하는 거 아닌가?

나는 답답함을 부여잡고 녀석에게 다시 물었다.

"그럼 뭔데?"

"저 언덕을 달맞이언덕이라 불러."

듣고 보니 하늘에 떠오른 달이 정말로 그쪽과 가까웠다. 달 뜨는 모습을 봤다면 아마도 언덕 옆이었으리라. 동기는 설명을 계속 이어 나갔다.

"저기는 원래 전국에서 알아주는 예쁜 언덕이었어. 위에 올라가서 바닷가를 보면 경치가 죽이거든. 아버지가 젊었을 적에 찍은 사진들이 그래."

녀석의 목소리가 조금 격해졌다.

"그런데, 건물들이 언덕을 덮어 버렸어. 부산에서 알아주는 부자 동네가 됐다는데, 여기서 보니 음식을 덮은 곰팡이처럼 보여. 거기까진 봐줄 만한데, 뒤쪽에 초고층 아파트가 들어서면서 완전히 예전 모습을 잃었어. 저기 보이냐? 언덕 등에 칼 꽂아 놓은 것 같은."

동기 말대로 언덕 뒤쪽으로 50층도 넘어 보이는 뾰쪽한 건물들이 들어서 있었다. 듣고 보니 정말로 등에 꽂힌 칼처럼 보이기도 하고 솟아 있는 뿔처럼 보이기도 해 언덕과 전혀 어울리지 않았다. 그래서 달맞이언덕이 눈에 띄지 않았던 걸까.

"결국 또 하나 없어졌어."

녀석이 무언가를 안타까워하는 모습은 처음 본다. 내가 본 게 처음일 뿐, 여정을 계속하는 동안 여러 번 그랬을 것이다. 이게 그렇게 속상한 일인가? 나는 해운대의 야경이 예쁘기만 한데. 나는 동기를 위로한답시고 말했다.

"난 잘 모르겠는데. 넌 도시공학과 가야겠네. 가서 우리나라 도시를……."

말을 끝까지 못한 건 녀석이 나를 죽일 듯이 노려봤기 때문이다. 닥치라는 말을 눈으로 하고 있었다. 나는 위축되어 중얼거렸다.

"……너도 대학은 갈 거잖아."

"너나 잘해."

대화의 맥을 끊어 놓는 녀석이었다. 우리는 다시 말없이 해변을 거닐었다. 휴대폰이 꺼져 있어 지금이 몇 시인지 모르겠다. 동기의 말 때문에 달맞이언덕이란 곳이 자꾸 눈에 띄었다. 녀석은 반대쪽 섬도(역시 건물에 일부 가려져 있다) 찍은 다음, 하늘을 가린 고층 건물을 몇 장 더 찍었다. 나는 그 모습을 말없이 지켜보았다.

돌아오는 버스엔 승객이 거의 없었다. 밤 10시가 넘어 있었고 분위기를 봐서는 막차인 것 같았다. 안 그래도 급행인 버스가 더욱 거칠 것 없이 도심을 질주했다. 창밖으로 휙휙

지나는 가로등 불빛이 네온사인처럼 보일 정도였는데 멀리 펼쳐진 시가지와 나름대로 어울렸다.

나는 아까부터 표정이 심각해져 있는 동기를 곁눈질했다. 녀석은 찍었던 사진을 찬찬히 돌려 보고 있었다. 녀석의 집중력은 정말로 과잉이라 끼어들 틈이 없다는 게 문제였다. 내가 헛기침을 해도 아무런 반응이 없었다. 아무래도 이제는 내 처지를 알려야 할 것 같아서 조심히 말을 걸었다.

"저기……."

동기는 대답 대신 고개만 쳐들었다.

"사실 나도 집 나왔어."

"왜."

녀석의 무미건조한 물음에 나는 머리를 긁적이며 답했다.

"뭐 그냥…… 힘들어서."

동기는 이전까지 보여 줬던 것과는 비교할 수 없을 만큼 경멸스러워하는 얼굴로 날 빤히 쳐다보았다. 녀석의 입에서 튀어나온 말이 오히려 순해 보일 정도로.

"미친. 쪼다 새끼."

동기의 이런 반응은 사실 의외였다. 내가 가출했다는 걸 이해해 주리라 생각했다. 녀석도 2주째 집을 나와 있지 않던가. 그런 놈이 공감해 주진 못할망정, 욕하는 건 말이 안 된다. 나는 억울함을 표현했다.

"너도 집 나왔잖아."

녀석의 눈이 커졌다. 한마디 더 했다간 주먹이라도 날릴 기세였다. 녀석은 카메라의 전원을 끄더니 신경질적으로 옆구리에 꽂아 넣었다. 그러고는 노기가 가시지 않은 목소리로 말했다.

"내가 너랑 같냐?"

"뭐가 다른데?"

동기가 한숨을 푹 쉬었다.

"병신아, 넌 지금 도망친 거잖아."

"그러는 넌⋯⋯."

나는 반격의 말을 멈출 수밖에 없었다. 정말이지 녀석은 '도망'이란 말과 어울리지 않는 행보를 보였기 때문이다. 학교에 예고한 것, 엄마에게 걱정하지 말라고 문자 보낸 것, 내게 사진을 보내 준 것. 이것만으로도 내 가출과는 성질이 달랐다. 하지만 순순히 인정하기는 싫었다.

"그래도 남의 속 뒤집어 놓고 나온 건 너나 나나 똑같거든."

"난 이걸로 올해 목표를 이루는 중인데, 너는?"

또 할 말이 궁해졌다. 이쯤 되면 순순히 항복할 수도 있었지만, 그러기는 싫었다. 나는 녀석의 말꼬투리를 잡았다.

"올해 목표는 대학 진학 아니냐?"

"멍청한 새끼."

동기는 숫제 날 조롱했다. 승기를 거머쥔 자의 여유일까. 녀석은 얼굴에 웃음을 띠며 독설을 날렸다.

"대학 가겠다는 놈이 집을 왜 나와? 목표에 아무런 도움도 안 되는데?"

"……스트레스가 심하면 그럴 수 있지."

"그럼 당장 풀고 돌아가, 새꺄."

녀석은 코를 풀어 버리듯 말싸움을 치워 버렸다. 버스 안에 정적이 흘렀다. 말로는 완패였지만, 적어도 녀석이 날 재워 줄 것이란 생각으로 꾹 참았다.

나는 눈치를 살살 보며 물었다.

"근데 넌, 진짜 이게 목표야? 그럼 왜 그렇게 열심히 공부했는데?"

"할 만해서라고 말했을 텐데."

떠올라 버렸다. 녀석은 첫 통화 때 잘난 척하듯 말했다. 나처럼 공부가 할 만하지 않은 놈은 어쩌란 말인가. 녀석도 공부 못하던 시절이 있었으면서 도무지 타인에 대한 배려가 없다. 나는 뾰루퉁한 얼굴을 감추지 않은 채 차창으로 시선을 돌렸다. 그때 동기가 말했다.

"대학은 가야겠지만, 그게 인생 목표가 되면 안 되지."

"뭔 소리야?"

"넌 초딩 때 좋은 중학교 가는 게 목표였냐?"

"아니."

"그럼 내년엔 군대 잘 가는 게 목표냐?"

"……."

"당연한 걸 목표라고 하지 마. 너한테 과분한 대학 붙으면 행복에 겨울 것 같지? 그냥 능력껏 하고 능력껏 대학가. 그게 집에서 도망쳐야 할 만큼 심각한 문제냐?"

우리 엄마나 담임이라면 이 말에 크게 반발했을 것이다. 그런데 녀석의 말을 듣는 순간 묘하게도 마음이 조금 편해졌다. 나는 되물었다.

"그럼 넌 진짜 목표가 뭔데?"

"그것도 말했는데. 10년에 한 번씩 세상을 도는 거라고."

"아빠처럼 사진작가 하려고?"

이번에도 동기는 날 한심하다는 듯 바라봤다. 함부로 직업이나 학과랑 연결 짓는 것을 좋아하지 않는 모양이었다. 동기가 가라앉은 목소리로 말했다.

"나도 벌어야 하니 직업은 필요하겠지. 1년에 한 달쯤은 세상으로 마음껏 떠날 수 있는 조건. 이것만 충족되면 어떤 일이든 상관없어."

의외였다. 성적이 월등한 녀석이라면 의사나 판검사 따위가 목표일 줄 알았는데. 이런 직업들은 동기가 말한 조건을 충족하기 어려웠다. 녀석에게 묻고 싶은 말이 갑자기 많이 떠올랐다.

하필 그때 동기가 일어섰다. 내릴 때가 된 모양이었다. 나는 입맛만 쩝 다시고는 녀석 뒤를 따라나섰다. 버스에서 내리자마자 서늘한 공기가 목덜미에 파고들었다. 나는 교복 셔츠의 옷깃을 여몄다.

12

몰랐던 세계 - 부산 2

"마, 여가 가출청소년 쉼터가?"

도착한 곳은 동기의 사촌인 동범이 형 원룸이었다. 바닥에 발 디딜 틈도 없이 잡동사니가 깔려 있는 탓에 조심스레 앉아야 했다. 동범이 형은 자초지종을 듣고 한마디 쏘아붙인 뒤로 더 이상은 싫은 소리를 하지 않았다.

밤 11시에 끓이는 라면 냄새는 환상적이었다. 인스턴트식품을 독으로 간주하는 엄마 밑에선 상상도 할 수 없는 야식이었다. 동범이 형이 라면을 끓이는 동안 나는 바닥을 정리했는데, 동기는 드러누워 카메라 액정 화면만 쳐다봤다. 하여간 이런 순간에도 자기밖에 모르는 녀석이다.

"상 펴고 젓가락 좀 놔."

잔소리를 했더니 녀석이 동범이 형을 돌아보고는 일어나서 상을 폈다. 의외로 말을 잘 듣는다. 자기 일에 몰두하느라 라면 끓이는지도 몰랐던 모양이다.

"으차차!"

동범이 형이 냄비를 분주하게 들고 왔다. 대학생이라는데 머리를 노랗게 물들이고 귀걸이도 한 탓에 우리보다 더욱 가출 청소년 같았다. 굵은 뿔테 안경을 썼기에 망정이지 그렇지 않으면 동기가 형이라고 해도 믿을 판이었다. 김이 모락모락 나는 라면을 접시에 덜어 주며 동범이 형이 놀리듯 말했다.

"끼리끼리 만난다더니, 집 나온 아들끼리 동병상련이가?"

"애는 그럴 놈이 못 돼."

동기가 날 가리키며 대답했다. 완전히 무시하는 말투였는데, 동범이 형은 오히려 칭찬으로 알아들은 듯했다.

"태훈이라고? 니가 야보다 모범생이제? 잘 쫌 돌봐 주라."

거꾸로 봤다고 말하고 싶었지만 잠자코 있었다. 동범이 형은 동기의 어깨에 손을 척 올렸다.

"인마 이거 완전 외골수 아이가. 나는 인마 꼴통이라 했다."

동기는 말로 반박하는 대신 사촌의 손을 치워 버렸다. 동범이 형은 "와, 내 말이 틀렸나?"라며 계속 약을 올렸다. 익살맞은 표정과 걸쭉한 억양에 하마터면 웃음이 터질 뻔했다. 동기가 놀림당하는 꼴이 이토록 고소할 줄이야.

"라면이나 드시지."

동범이 형의 접시는 아직 그대로였다. 우리가 후루룩거리는 사이에도 계속 동기 얘기를 늘어놓았다.

"내가 인마 따라 같이 다녀봤는데, 진짜 디지는 줄 알았다. 맨날 자전거 타고 사진 찍고, 자전거 타고 사진 찍고. 완전 행군이더만."

"형은 늘 찜질방에 가 있었잖아."

"서해안은 다 따라댕깄거든."

동기 엄마가 말했던 게 기억났다. 작년과 재작년에는 동기가 부산의 사촌 형과 여행을 다녀왔다고. 그 사람이 눈앞에 있다니 신기했다. 동범이 형은 라면 한 젓가락을 집어들더니 다시 입을 열었다.

"내가 이번엔 핑계 대고 못 간다 했더니, 아예 혼자 떠났다 카데. 또라이 중에도 이런 상또라이가 없다."

그제야 뒤통수가 띵해지며 안 좋은 기억이 떠올랐다. 나는 즉시 동범이 형의 말에 맞장구쳤다.

"맞아요. 이 자식, 학교에 내 이름 팔고 집 나갔어요. 내가 그것 때문에 불려 가서 얼마나 시달렸는데요."

"글나? 마, 니 미쳤나."

동범이 형이 나 대신 동기를 질책했다. 녀석은 우리와 눈도 안 마주치고 라면만 흡입했다. 버스에서 내게 일장 연설을 하던 녀석도 이럴 땐 애송이일 뿐이었다. 동범이 형과 나는 어느덧 동맹이 되어 있었다.

라면을 다 먹은 동기가 입을 쓱 닦고는 괜스레 나를 공격했다.

"넌 내일 아침에 돌아가."

"왜? 내일 토요일인데."

"한시라도 빨리 가는 게 나아."

날카로운 말투에 할 말이 없었다. 녀석이 아까와 같은 논리를 펼치면 반박 불가였다. 내가 궁지에 몰리자, 동범이 형이 엄호해 줬다.

"니는 언제 집에 갈 건데? 니가 야보고 가라 마라 할 수 있나?"

"난 때가 되면 돌아갈 거야."

"누가 그때까지 재워 준댔나."

한결같이 실실 놀리는 말투였다. 동기가 한껏 진지한 눈빛을 지어 보여도 동범이 형에겐 통하지 않았다. 녀석, 오늘 이미지 제대로 망가진다. 동기는 당장 짐 싸서 나갈 듯이 몸을 일으켰다.

"여기 아니어도 갈 데 많거든!"

"빈털터리 주제에 어데 큰소리고. 앉아 봐. 내 말은, 니만 즐기지 말고 얘도 좋은 데 보여 주란 말이다. 얼마나 깝깝하면 교복도 안 벗고 이까지 왔겠노."

역시 내 마음을 잘 알아준다. 동기는 나와 동범이 형을 번갈아 보고는 한숨을 푹 쉬었다. 그러곤 똥 씹은 얼굴로 내게 말했다.

"내일 오후."

"뭐가?"

"내일 오후엔 돌아가. 부산 구경은 그때까지만."

동범이 형이 야박하다며 핀잔을 줬지만 이것마저 꺾을 수는 없었다. 동기는 그 이상은 방해된다는 말로 간단히 정리했다. 녀석에게 더 많은 걸 요구하기는 힘들어 보였다. 이런 태도가 당연해 보이는 이상한 녀석이다.

나도 이쪽에서 타협하고 동범이 형이 꺼내 준 평상복으로 갈아입었다. 불을 끄고 옆에 드러누웠는데, 좁아터진 방이 우리 집보다 편하게 느껴졌다.

아침에 눈 뜨자마자 전화기를 켰을 때 온몸에 소름이 돋았다. 부재중 전화 16통에 미확인 문자 12건. 모조리 엄마였다. 문자는 어제저녁 8시쯤부터 새벽 2시경까지 산발적으로 와 있었다.

엄마의 감정 흐름이 적나라하게 드러났다. 엊저녁에는

의문, 분노 표출로 시작해 자정쯤엔 자학과 회유가 이어졌다. 아마 이때 문자를 확인하고 연락했다면 극적인 화해가 이루어졌을지 모른다. 하지만 새벽으로 향할수록 처음보다 더한 분노 표출이 글자에 서려 있었다.

배은망덕한 놈.
길러 준 은혜도 모르고.
어디 잘 지내나 보자.
집에 들어오기만 해 봐.

윽, 나 오늘 들어갈 수 있을까. 동기와 한 약속을 당장 취소해 버리고 싶다. 녀석은 해가 중천인데도 여전히 자고 있었다. 동범이 형은 아침 일찍 도서관에 간다고 하고 나갔다. 무슨 시험을 준비한다고 했는데 정확히는 모르겠다. 나는 전화기가 또 울릴세라 얼른 전원을 꺼 버렸다.

동기가 뭉그적거리다 10시쯤 되어 날 데리고 나온 곳은 웬 허름한 골목이었다. 걸어서 20분 정도 걸렸는데, 입구부터 책을 든 남자 동상과 책 쌓인 기둥 모형이 보여 범상치 않은 기운이 느껴졌다.

처음 모퉁이를 돌아 들어가니 30년쯤 과거로 회귀한 듯한 거리가 펼쳐졌다. 삭은 건물부터 옛날 글씨 간판과 진열대의 모습까지 모두 복고풍이었다. '보수동 책방골목'이라 쓰인 곳부터 낡은 책이 산처럼 쌓인 헌책방들이 곳곳에 널려 있었다. 깔끔히 정돈되지 않아 흘러간 시간의 주름이 적나라하게 드러났다. 우리 집 근처엔 하나도 보기 힘든 점포가 이렇게나 모여 있다니.

"갖고 싶은 책 있으면 사."

동기가 무심히 내뱉고는 앞장섰다. 단순히 책 구경하러 온 건 아닐 테고, 녀석은 왜 수많은 명소 중에서 이곳에 온 걸까. 나는 동기의 눈치를 살피는 동시에 책들을 곁눈질하며 따라갔다.

과거로 연결되는 통로 같은 아케이드 지붕 밑에 들어서면서부터 녀석이 카메라를 들었다. 그러곤 낡고 빛바랜 책이 즐비한 진열대, 이 책방 거리에 몇십 년은 있었을 듯한 노인의 모습을 렌즈에 담기 시작했다. 주말이라 인파가 꽤 많았는데도 사람이 없는 곳만을 골라 찍었다. 나는 옆으로 다가가 물었다.

"여기도 찍어야 하는 곳이야?"

"언제 사라질지 모르니까."

관광객이 많이 오는 곳인데도 그런 생각을 하다니, 선뜻 이해되지 않았다. 아니면, 녀석이 사라진다고 한 건 거리가 아니라 이곳에 간직된 고유의 아름다움을 말하는 걸까? 어젯밤에 보았던 달맞이언덕처럼?

탁 트인 곳에 나와 보니 유독 사람들이 몰려 사진을 찍는 장소가 있었다. 점포 사이로 계단이 하늘까지 쭉 이어지고 건물 벽에 다양한 그림이 그려진 곳이었다. 까마득한 위까지 낡은 건물과 그림이 이어져 건너편에 마치 다른 세상이 있을 것 같은 착각이 들었다.

아무리 봐도 여기가 기념사진 찍기 좋은 곳인데, 동기는 카메라를 만질 생각조차 없어 보였다. 내 앞에선 젊은 여자가 브이를 한 채 사진을 찍고, 옆에선 학생들이 '셀카'를 찍으며 깔깔거렸다.

"야, 나 사진 좀."

나도 그냥 지나치기 아까워서, 여자가 움직이자마자 계단 앞에 서서 포즈를 취했다. 동기는 마뜩찮게 바라보더니 구령도 안 붙이고 셔터를 눌렀다. 그나마 셔터 소리가 여러 번인 걸 고마워해야 했다.

우리는 30분 뒤에 헌책방 골목 입구에서 만나기로 하고 각자 흩어졌다. 나는 아케이드 지붕으로 돌아와 주변을 기웃거렸다. 참고서나 문제집을 보러 허름한 점포에 들어섰는데, 헌책 고유의 냄새가 맡아졌다. 누렇게 변색된 책을 뒤적여 보니 건조하고 까칠한 종이의 감촉도 색달랐다.

작년에 나온 참고서가 정가의 반의반 가격도 안 하는 건 횡재였다. 5천 원으로 두 권이나 샀다. 개정되지 않고 쇄만 다를 뿐이라 새것이나 다름없는 책들이었다. 문제집도 두어 권 샀다. 하나도 풀지 않은 새 책이었다. 만 원도 안 되는 금액으로 책을 네 권이나 사는 재미가 쏠쏠했다.

책방을 나와 중간쯤 지나쳤을 때, 안내 표지판 옆에 적힌 문구가 보였다.

책은 살아야 한다

살아야 하는 것. 예전이라면 별 감상 없이 지나쳤을 문구를 곰곰이 생각해 보았다. 동기 때문이었다. 동기가 보낸 사진을 보기도 하고 몇 번 만나다 보니, 그 녀석이 관심을 두는 건 주로 '살아야 하는 것'이란 사실을 알 수 있었다. 처음엔 풍경만 찍는 줄 알았더니 문명의 단면과 인간성의 황폐가 드러난 사진도 많았다. 그리고 사람들이 기억하지 못하는 것과 세상에서 사라질 고귀한 것에 주목하고 있었다. 이런 모습을 담아내는 동기야말로 세상에게 제대로 안부를 묻는 사람이 아닐까. 이만큼 생각한 나도 어느덧 서당 개가 다 됐나 보다. 현실은 옆에서 파는 어묵과 꽈배기를 보고 군침이나 흘리고 있지만.

동기와 그다음 향한 곳은 길쭉한 부산 타워가 보이는 용두산공원이었다. 입구부터 아카시아 향이 진동하더니 나무들이 터널을 이룬 그늘 길이 나타났다. 조금 걸어 언덕에 이르니 확 트인 경치와 이순신 동상이 나타났다. 잘 꾸민 관광지답게 넓은 꽃밭이 도처에 널렸고, 쨍쨍한 햇빛 아래 시가지의 모습도 잘 보였다. 타워에 올라가 부산 전경을 볼까 했는데 요금이 아까워 공원만 거닐었다. 동기가 사진을 하나도 찍지 않는 걸 보니 순전히 나 때문에 온 듯했다.

"죄다 참고서, 문제집이냐."

동기는 내가 들고 있는 봉지를 흘끔 보며 말했다. 자기는 한 권도 안 샀으면서 말이다. 그러고는 늦어도 한참 늦은 질문을 했다.

"공부는 할 만해?"

고개를 설레설레 저었다. 공부가 잘됐으면 내가 지금 여기에 왔을 리도 없지 않은가. 동기가 또 물었다.

"하고 싶긴 해?"

묻는 의도를 모르겠다. 난 이번에도 고개를 가로저었다. 녀석이 픽 웃었다.

"그럼 과감히 때려치워."

이건 또 무슨 말도 안 되는 소리인가. 내가 째려 보니 동기가 다시 물었다.

"때려치우면 왜 안 되는데?"

큰 종을 감싼 누각 앞에서 나는 우뚝 멈춰 섰다. 바람에 나뭇잎이 흔들리는 소리가 들렸다. 나는 궁색하게나마 둘러댔다.

"당장 이거 말곤 할 수 있는 게 없잖아. 남들도 다 하는 중이고."

녀석이 탐탁지 않은 표정을 지었다. 나는 쥐어짜듯 다른 이유를 댔다.

"엄마한테 욕먹지 않으려면 어쩔 수 없지 뭐."

동기도 멈춰 섰다. 녀석의 앞머리가 바람에 세차게 흔들려 헝클어졌다.

나는 녀석의 그 눈빛을 또 보고야 말았다. 어제 가출했다고 털어놓았을 때와 같은 경멸의 눈빛. 동기가 나를 뚫어지게 노려보는 걸 견디기 어려웠다.

"대단한 봉사자 납셨네."

동기가 앞머리를 신경질적으로 넘겼다.

"넌 남의 비위 맞추려고 사냐?"

순간 할 말이 없었다. 녀석의 공격적인 말투와 나의 궁색함을 보니 어제처럼 또 녀석의 페이스에 휘말릴 것 같은 느낌이었다. 나는 힘주어 말했다.

"내가 어떻게 살든 네가 뭔 상관인데."

나름 저항 의지를 잔뜩 불태우고 한 말이었는데, 동기가 픽 웃었다.

"뭐, 난 상관없지."

의외로 간단히 인정해 버린다. 순간 맥이 빠졌다. 누각을 벗어나 걸어가는데 분위기가 어색했다. 흰 나비가 꽃밭 위로 폴폴 날아가고 있었다.

그렇게 1분이나 걸었을까, 앞장서서 걷던 동기가 나를 홱 돌아봤다.

"근데 씨발 놈아."

날 선 억양에 떵한 기운도 잠시,

"그래서 만족하냐?"

숫제 머리를 한 대 맞은 기분이었다.

만족……. 나의 수험 생활에서 '만족'이란 감히 만질 수 없는 보물이나 마찬가지였다. 어딘가에 존재하는데 나에게는 해당되지 않는 것, 지금 당장은 바라면 안 될 것 같은 금기 사항. 그런 종류의 것이었다. 나도 녀석에게 물었다.

"그러는 넌 만족해?"

동기는 말없이 꽃밭에 다가가 우두커니 멈춰 섰다. 그리고 철쭉꽃에 손을 뻗었다. 내가 안 된다고 말하기도 전에 녀석은 큼지막한 꽃 한 송이를 따더니 손바닥에 올려놓고 말했다.

"적어도 후회하지 않으려고 몸부림치는 중이지."

그러고는 보란 듯이 꽃을 꽉 움켜쥐었다. 주먹 안에서 꽃이 으스러지고 있었다. 움직일 수도 저항할 수도 없는 꽃은 압력을 고스란히 받아 냈다. 다시 손을 폈을 땐 볼품없이 찌그러지고 축 늘어져 있었다. 동기가 꽃을 보이며 말했다.

"넌 곱게 자라서 몸부림칠 줄 모르지?"

몸부림이라……. 머릿속에 떠오르는 건 불안할 때마다 하는 주문 외우기, 손 씻기, 폭식하기 따위의 행동이었다. 이미 녀석에게 들킨 것들이다.

"내가 말이야, 아버지가 죽는 걸 보면서 깨달은 게 있어."

죽음이란 말에 나는 침을 꿀꺽 삼켰다.

"미래를 위한답시고 현재의 소중한 걸 포기하는 거, 그게 세상에서 가장 미련한 짓이더라고. 어느 시점에 죽더라도 후회가 없어야 하지 않겠냐?"

묻는 말인데 대답할 수 없었다. 그런 삶을 경험해 보지 못했기 때문이다. 동기는 은근한 미소를 띠고 있었다.

나는 그제야 어젯밤에 녀석에게 물어보려 했던 질문 하나를 떠올렸다.

"네 목표는 공부랑 별 상관없지 않아? 근데 왜 그만큼 성적을 올렸어? 할 만해서 그렇다고 하지 말고."

이 질문은 벌써 세 번째였다. 정말로 궁금했기 때문이다.

녀석이 전처럼 비아냥거리면 다시는 묻지 않을 작정이었다. 어느덧 나는 동기가 '어떻게' 공부하는지보다 '왜' 공부하는지에 관심이 많아졌다. 녀석은 말했다.

"그게 잘난 척으로 들렸냐? 난 진심인데."

여기까지 듣고 나는 실망할 뻔했다. 그런데 동기가 전과 다른 얘기를 꺼냈다.

"너도 스스로에게 물어봐. 인생에 공부라는 게 정말 필요한 건지. 세상엔 그거랑 상관없이 사는 사람이 더 많아."

지혜롭게 살기 위해서란 식의 원론적인 공부를 얘기하는 게 아니다. 철저하게 인생의 관점으로 삶에 공부를 끌어들일지 말지 판단해 보라는 소리다. 동기는 확신에 가득 차 말했다.

"정말로 필요하다고 판단되면 시키지 않아도 하게 돼. 나는 공부란 놈을 최대한 이용하려고. 파 보니 재미있던데. 그래서 할 만하다고 한 게 뭐 잘못됐나?"

이번 대답에서 진심이란 걸 느낄 수 있었다. 녀석은 고3이 전혀 괴롭지 않은 걸까. 혼란스러움이 가득한 내 표정을 읽은 듯, 동기가 손가락질을 했다.

"남의 기대나 충족시키려는 놈에게 무슨 즐거움이 있겠냐. 공부가 적성이었다면 네가 지금 이러고 있을 리 없지. 그냥 때려치워."

동기의 말투는 왠지 반어법처럼 들렸다. 그 말은 같은 일을 하더라도 타인에게 인정받기 위해서가 아니라, 내 목표를 위해 하라는 말로 들렸다. 스스로 만족스럽지 않으면 모든 것이 무의미하다는 걸까. 내 생각이 틀리지 않았다는 건 녀석의 다음 말로 확실해졌다.

"지금 즐겁지 않으면 미래에도 똑같아."

"......"

머릿속에 막혀 있던 사고 회로 하나가 뻥 뚫린 기분이었다. 사막 길이나 다름없는 수험 생활을 즐길 수 있다는 말인가. 확고한 의식이 있으면 이 광활한 사막에서도 길을 잃지 않는다는 말인가. 녀석은 그러고 있단 말인가.

몰랐던 세계에 처음 발을 들여놓은 느낌이었다. 깨달음 하나로 내가 서 있는 이곳이 달리 보일 줄이야. 내려다보이는 풍경까지도 낯설게 느껴졌다.

그동안 내가 얼마나 애송이로 보였을지 실감이 나 몸서리쳐졌다.

13

나의 미래 - 부산 3

오후 2시가 훌쩍 넘은 시각, 점심은 또 라면이었다. 동기가 원룸에 가자고 해서 따라왔는데 공교롭게 동범이 형이 먼저 와서 물을 끓이고 있었다.

"뭐고, 귀신이가. 냄새 맡고 들어와 삐네."

그러면서 냄비에 물을 더 부었다. 동범이 형이 수납장을 여는데 봉지라면 네 개, 컵라면 하나밖에 남아 있지 않았다. 그중에 봉지라면 두 개는 우리를 위해 뜯어졌다. 동범이 형이 스프를 탈탈 털며 말했다.

"내는 종일 돈 아끼가 공부하는데 고3이란 것들이 팔자 좋다. 느그 더 있으면, 내가 파산해 삐겠다."

말은 심각한데 말투는 순전히 농담조였다. 동기는 그 말을 들고도 아랑곳없이 침대에 벌러덩 누웠지만, 나는 미안해져서 뭐라도 돕기 위해 동범이 형 옆에 서 있었다. 딱히 화젯거리가 없어 상투적인 질문을 건넸다.

"무슨 시험 준비하는 거예요?"

"그런 기 있다."

딱 잘라 말하고 냄비 뚜껑을 열어 젓가락으로 라면을 휘젓는 걸 보니 말하기 싫은 모양이었다. 동범이 형의 곱슬곱슬한 노랑머리와 라면 끓이는 모습이 꽤나 어울린다는 생각이 들었다. 카메라를 만지작거리던 동기가 동범이 형 들으란 듯이 말했다.

"뭐겠어, 공무원 시험이지. 너도 어영부영하면 몇 년 뒤에 저렇게 된다."

완전히 한 방 먹이는 말투였다. 어제 놀림당했다고 복수라도 하는 건가. 쓸데없이 날카로운 녀석의 말에 조마조마한데, 동범이 형은 전혀 동요되지 않았다.

"마, 내는 그래도 빨리 정신 차렸다 아이가. 스물셋에 공시 준비하는 머스마 별로 없이. 일찍 붙으면 판검사도 안 부럽다드마. 공무원이라는 게 호봉이 깡패 아이가. 한 살이라도 빨리 돼야 칸다드마."

"일찍 일어난 새네요."

나는 은근히 띄워 주었다. 그런데 동기는 한 방 더 먹였다.

"일찍 일어나 먼저 잡아먹힐 벌레겠지. 세계 최강 드러머가 되겠다는 목표는 옛 바꿔 드셨나."

드러머라면 드럼 연주자를 말하는 건가? 그제야 동범이 형의 품새와 귀걸이까지 납득이 되었다. 어쩐지 자유로운 영혼처럼 느껴진다 했더니.

"될 끼다. 세계 최강 드러머!"

동범이 형은 젓가락을 양손에 쥐고 드럼 치는 시늉을 했다.

"그래가 공부할 때도 리듬 탄다니까. 둠 칫 둠둠 칫. 공부도 박자가 딱딱 맞아야 잘되데. 내는 공무원 붙어도 공연하러 다닐 끼다. 그래가 유명해지면, 확 때리차 뿌고."

시험도 붙기 전에 때려치울 생각부터 하는 모습이 우스웠다. 동기도 품평하듯 한마디 던졌다.

"픽이나. 그런 마인드로 붙겠다."

동범이 형은 행주로 냄비 손잡이를 잡고는 분주하게 상으로 가져갔다. 시종일관 냉소적이던 동기도 끙 하고 일어나 상 앞에 앉았다. 모락모락 피어오르는 김이 방 안에 퍼졌다. 후룩후룩 흡입하는 소리만 들릴 뿐 누구도 말을 하지 않았다.

어제부터 느낀 건데, 두 사람은 먹는 모습이 신기할 정도로 닮아 있었다.

솔직히 집에 돌아가기는 싫었다. 예전에 듣기로 가출한 애들 중 제일 미련한 게 바로 다음 날 집에 들어가는 사람 이랬다. 최소 일주일은 버텨야 부모가 화를 누그러뜨리다 못해 '제발 들어오기만 해 줍쇼.' 모드로 바뀐다는 것이다. 아직 엄마의 화가 풀렸을 리는 없다. 그러므로 지금 집에 가는 건 자살 행위나 마찬가지였다.

하지만 나는 점심을 먹자마자 부산역으로 향했다. 동기 와 약속한 건 둘째 치고, 고3을 즐기기에 가출이 더 이상 도움이 되지 않았기 때문이다. 가서 엄마와 화해를 하거나 담판 짓는 것도 오롯이 내 몫이었다. 일상으로 복귀해야 나 를 옥죄고 있는 것들을 바꿀 수 있었다.

스스로 환경을 바꾸는 것. 이전까지는 생각해 보지도 못 한 일이었다. 집에서 멀리 나와 그동안의 내 삶을 객관적으 로 바라볼 수 있었던 건 일탈의 유일한 소득이었다. 정확히 는 동기를 만났기에 얻은 소득일 것이다. 녀석 덕분에 형편 없을 뻔한 도피성 가출이 여행 비슷한 것으로 바뀔 수 있 었다.

부산역이 가깝다는 이유로 동기와 동범이 형이 함께 배 웅을 해 주었다. 사실 동기 녀석은 문간에서 멀뚱히 손을 흔들다 동범이 형에게 붙들려 나왔다. 매사에 말투가 거칠 어도 동범이 형은 참 따뜻한 사람인 것 같다. 우리는 함께

역으로 들어가 무인발권기 앞에 섰다.

"보자. 3시 40분은 무궁화라 쫌 늦을 끼고, 55분 거 있네."

동범이 형 말대로 조금만 기다리면 무궁화 열차를 탈 수 있지만, 3시간 30분이나 가야 했다. 조금 더 기다려 KTX를 타면 6시 전에 집에 도착할 수 있었다. 수중에 있는 돈은 42,000원. KTX 표를 사기에 부족함 없는 금액이었다.

잠시 고민하고는 무궁화 열차 예매 버튼을 클릭했다. 17,800원…… KTX의 절반이었다. 순간 차액으로 해야 할 일이 떠올라 그대로 티켓을 구매했다. 나는 의아해하는 동범이 형을 데리고 재빨리 슈퍼에 들어갔다. 40개들이 봉지라면은 너무 비싸 20개짜리 컵라면 박스를 집어 들었다.

"뭐고, 이거."

박스를 내밀자 동범이 형이 최대한 무뚝뚝하게 받았다. 그래도 입이 귀에 걸릴락 말락 하는 건 스스로 어쩌지 못하나 보다. 나는 장난기를 담아 말했다.

"파산하지 말라고요."

어슬렁어슬렁 뒤늦게 들어온 동기가 음료수를 집었다. 그러고는 아주 자연스럽게 계산대에 둔 라면 박스 위에 척 올렸다. 뻔뻔스러운 짓이 얄밉다 못해 웃음이 터졌다. 유쾌하게 모두 계산했다.

플랫폼에 들어서자마자 활기찬 소음이 귀에 파고들었다.

기차 시간이 아직 5분쯤 남아 있었다. 동범이 형은 라면 박스를 곰 인형처럼 끌어안고 있었고, 동기는 이온 음료를 홀짝거렸다. 불편을 감수한 호의가 생각보다 즐거웠다. 나는 동기에게 물었다.

"언제 돌아올 거야?"

"가고 싶어지면."

"그게 언젠데?"

"뭐, 조만간."

성의 없이 툭툭 던지는 녀석에게 나는 쐐기를 박듯 말했다.

"월요일에는 무조건 학교 나와라."

동기는 아무런 대답이 없었다.

"네가 옆에 있어야 나도 집중이 된단 말이야."

그제야 녀석이 픽 웃었다. 솔직한 말을 좋아하는 모양이다. 하지만 끝까지 언제 오겠다는 말은 하지 않았다.

"오늘 부산 사진 보낼게."

이게 녀석의 대답이었다. 곧바로 바람을 일으키며 열차가 들어왔다. 동범이 형은 라면 박스를 내려놓고 내게 악수를 청했다. 얼떨결에 손을 내밀자, 동범이 형이 으스러질 만큼 꽉 쥐며 말했다.

"나중에 내 공연하면 꼭 오래이."

동범이 형의 표정은 소년처럼 해맑았다. 나는 "티켓과 왕복 기차표를 보내 준다면 생각해 볼게요." 하고 응수하며 기차에 올랐다. 발권한 좌석에 앉자마자 창밖으로 동기의 뒷모습을 바라봤다. 슬리퍼를 끌며 터덜터덜 걷는 녀석에게서 아무런 위화감도 느껴지지 않았다. 평생 돌아오지 않아도 이상하지 않을 만큼 말이다. 과연 녀석은 월요일에 나타날까. 기차가 플랫폼을 벗어나자마자 두 사람의 모습이 사라졌다. 나는 그대로 눈을 감았다.

깜빡 잠이 들었던 것 같다. 무심코 시간을 확인하려고 휴대폰을 꺼냈는데 전원이 꺼져 있었다. 그제야 아침부터 한 번도 휴대폰을 보지 않았다는 걸 깨달았다. 엄마의 부재중 전화와 문자가 얼마나 와 있을지 몰라 조마조마해하며 전원을 켰다. 화면이 들어오고 나서도 통화 가능 표시가 들어오는 데까지 시간이 꽤 걸렸다. 나는 잠시 창밖을 보며 초조한 마음을 달랬다.

"……."

의외였다. 아침 9시 이후로 엄마에게 온 전화나 문자가 한 통도 없었다. 이것을 어떻게 해석해야 하나, 정말로 단단히 화났나, 내가 걱정도 안 되나 하는 생각들이 머릿속에서 꽃을 피웠다.

시간이 갈수록 오히려 마음은 편해졌다. 무소식이 희소식이라고 엄마도 별일 없다는 뜻이었다. 화가 났다고 해 봐야 날 죽일 것도 아니고, 내가 어떻게 푸느냐에 달렸다. 그렇다고 싹싹 빌 생각도 없지만.

지금쯤 엄마에게 미리 전화를 해 두는 게 나을 것이다. 집에 들어갔을 때 충격을 완화하기 위한 조치다. 하지만 감정 폭풍을 겪기 전에 가출, 아니 여행을 마치고 돌아오면서 내가 깨달은 걸 점검해 보고 싶었다. 결코 소득 없이 돌아온 게 아님을 확인할 필요가 있었다.

우선, 내 두려움의 실체가 뭔지 파악했다. 매일 불안에 떨며 폭식하거나 의미 없는 행동을 반복하는 건 다른 사람의 기대를 지나치게 의식하기 때문이었다. 내가 이렇게 된 건 모두 엄마의 극성 때문이라고 생각했는데, 사실은 내 문제였다. 동기를 보면 알 수 있었다. 녀석은 타인의 평가를 먼지만큼이나 가볍게 여긴다. 잘될지는 모르겠지만 나 역시 초연해지기로 했다. 그렇게 마음먹으니 부산에 갔던 어제부터 지금까지 어떤 불안 증상도 겪지 않고 있다.

그리고 내게도 동적인 목표가 필요하다는 것을 깨달았다. 엄마가 정해 준 인서울 대학 진학 따위가 아니라 거기에 간 뒤로 무얼 하며 살 건지 비전이 있어야 했다. 동기는 10년 주기로 세상을 돌며 안부를 묻는 게 목표라고 했다.

녀석에게 '직업'이란 목표를 효과적으로 이루는 수단일 뿐이었다. 공부에 파고든 것도 그걸 유리하게 얻기 위한 방편이라 했다. 나는 아직 구체적인 목표를 정하지 못했지만, 이제부터 고민해 볼 참이다.

가장 와 닿는 깨달음은 현재의 삶이 충분히 만족스러워야 한다는 점이다. 나는 지금껏 만족이라는 걸 모르고 살아왔다. 엄마가 만족해야 나도 만족할 텐데, 그런 적은 없었기 때문이다. 학교를 박차고 나가 버린 동기는 자신의 삶에 별로 불만이 없었다. 하고 싶은 걸 하기 때문이다. 나도 내 삶에 만족하려면 당장 조정해야 할 것이 있었다.

나는 방금 생각한 것들을 적어 두기 위해 가방에서 아무 노트나 꺼냈다. 마침 걸려든 게 두툼한 오답 노트였다. 그동안 내가 틀린 문제가 빼곡히 적혀 있었다. 내 삶도 지금까지 시행착오와 오답의 연속이었다. 노트의 맨 뒷장을 펼쳐 놓고 뭐부터 적을지 고민하는데 문득 동기의 말이 떠올랐다.

"지금 즐겁지 않으면 미래에도 똑같아."

나는 서술형 문제를 하나 만들어 보았다.

삶이 즐겁지 않은 수험생 A가 있다. A가 만족을 누리기 위한 방법을 서술하고, 미래를 위해 현재의 만족을 포기하는 것이 타당한지 논

하시오.

문제를 다 적었지만 쉽사리 정답을 쓰지는 못했다. 내가
이 문제의 정답을 알았다면 지금까지 이따위로 살았을 리
가 없기 때문이다. 볼펜을 딸깍딸깍 누르며 생각에 잠겼다.
그 순간,
우우우웅. 우우우웅.
휴대폰이 부르르 떨었다. 나는 혹시나 하는 마음에 화면
을 들여다보았다.

엄마

아니나 다를까, 머리가 지끈할 만한 낱말이 화면에 떠 있
었다. 조금 있다가 전화할 생각이었는데 엄마가 선수를 친
것이다. 원하던 상황이 아니라 받아야 할지 말아야 할지 망
설여졌다. 하지만 휴대폰 전원이 켜졌다는 걸 엄마도 알 것
이기에 아예 무시하기는 어려웠다.
결국 통화 버튼을 눌렀다.
"여보세요."
3초쯤 정적이 흘렀다. 엄마가 숨 고르기 중이라는 걸 여
기서도 느낄 수 있었다. 뒤이어 귀청을 때리는 소리가 들

렸다.

"뭐, 여보세요? 이젠 엄마도 잊어버렸어?"

첫마디부터 매서운 호통이다. 이런 식일 거라 짐작했기에 충격은 크지 않았다. 나는 일부러 태연하게 말했다.

"집에 별일 없지?"

수화기를 통해 "허." "참." "기가 막혀서."와 같은 탄식이 산발적으로 넘어왔다. 예전 같으면 내 가슴이 떨려야 하는데 지금은 담담했다. 이런 게 갈 데까지 가 본 사람의 멘털이라는 건가.

"너 어디야!"

"바람 쐬고 집에 들어가는 중."

"뭐? 무슨 염치로 기어들어 와!"

엄마는 반어법을 구사하고 있었다. 내가 들어오기를 원한다는 것을 하늘이 알고 땅이 안다. 그러니 먼저 전화하지 않았겠는가. 엄마는 계속했다.

"내가 원장님이랑 자리 만들려고 얼마나 애썼는지 알아? 그런데, 그 자리를 걷어차고 나가는 놈이 자식새끼야? 그런 자식 필요 없어!"

엄마는 온몸으로 실망을 쏟아 내고 있었다. 나도 반어법으로 응수했다.

"그럼 안 들어가지 뭐."

"야!"

엄마가 바락 악을 썼다. 목소리는 절규에 가까웠다. 문명의 이기인 휴대폰이 그 소리를 적절한 음량으로 바꾸어 전달해 준다는 것이 안타까울 정도였다.

"너, 아빠가 알기 전에 빨리 들어와! 집에 와서 얘기해."

아빠를 들먹거리면서 협박했지만, 엄마가 평소에 아빠와 거의 통화하지 않는다는 것쯤은 알고 있었다. 나는 그냥 알겠다고만 하고 전화를 끊어 버렸다.

오후 5시 12분. 대전에 도착하려면 아직도 2시간 정도 남았다. 창밖에는 저무는 태양 때문에 굴곡진 산들의 초록빛이 바랬다. 가까운 고개는 빨리 지나가고 먼 산은 느릿느릿 움직였다. 나는 잠시 멍하니 바라봤다.

대구에 가까운 듯한데 여기서 내릴까 하는 충동이 들었다. 엄마의 악다구니에 집에 들어갈 의욕이 꺾인 까닭이다. 역시 일주일 이상 버티고 엄마에게 항복을 받아 내야 했나 하는 후회가 밀려왔다. 예전이라면 두려움에 질려 다시 도망칠지도 모를 일이었다.

하지만 그럼에도 집으로 향하기로 했다. 꿋꿋이 내 의지로 말이다. 돈이 떨어져서도 아니고, 가출 생활이 고달파서도 아닌 순수한 의미의 귀가. 이게 나의 짧은 여행을 정당화할 수 있는 최후의 선택이었다. 동기의 조롱처럼 더 이상

도망치기는 싫다. 다른 사람이 내 삶을 좌지우지하는 것도 거절할 것이다.

시간이 갈수록 마음은 가라앉았다. 불안 증세도 나타나지 않았다.

14.
결판

초여름, 아니 늦봄의 저녁 7시는 어스름했다. 해가 저물어 사라진 곳에 붉은 기운이 감돌았고, 머리 위엔 하늘색도 진청색도 아닌 애매한 빛깔이 펼쳐졌다. 사람들이 무심하게 지나다니고 비둘기 몇 마리가 바닥만 쪼아 대는 이곳. 나는 우리 아파트 단지 앞에 섰다.

매일 지나오던 길인데도 굉장히 낯설었다. 늘 밤늦게 들어오기 때문에 해 질 녘 모습이 생소해서 그런 건 아니다. 벌집처럼 촘촘한 창문들, 성냥갑처럼 빽빽한 아파트 건물을 보니 '내가 지금껏 이런 곳에서 잘도 살아왔구나.' 하는 탄식이 나와서였다. 이렇게나 답답한 공간에서 숨도 못 쉬고 살아온 나에게 잠시 애도를 표했다. 그러고는 우리 동을 향해 성큼성큼 걸어갔다.

엘리베이터를 타는 압박감이 지난주 통영에 다녀올 때와는 비교도 할 수 없었다. 그때가 형장에 제 발로 들어가는 두려움이었다면, 지금은 스스로 목숨을 버리러 가는 비장함에 가까웠다. 하얼빈 역에 잠입했던 안중근 의사도 이렇게 떨렸을까. 홍커우공원에 폭탄을 가지고 들어간 윤봉길 의사는……. 말도 안 되는 비유 망상에 혼자서 킥킥댔다. 긴장을 풀려고 일부러 더 크게 웃었다.

땡.

17층에 도착했다. 왼쪽으로 가면 옆집, 오른쪽으로 가면 우리 집, 다시 내려가면 도망이다. 뻔한 선택지에서 나는 잠시 망설였다. 스읍, 후우……. 한 번 심호흡을 하고 우리 집 대문 앞에 섰다. 순간적인 두려움에 머리가 핑핑 도는 걸 다시 부여잡아야 했다. 이럴 때 동기라면…… 급한 대로 자기 최면까지 걸었다. 나는 천동기다. 겁도 없고 매너도 짱인 천동기다. 그러고는 폭탄의 비밀번호를 눌렀다.

띠띠띠띠.

찰칵 소리와 함께 문이 열렸다. 어두컴컴한 현관에 아빠의 구두 한 켤레, 누나의 하이힐 하나. 집은 하나도 변한 것이 없었다. 단지 하루 나갔다 왔을 뿐인데, 어쩐지 한 달은 비운 듯한 느낌이 들어 신기했다. 이윽고 거실화를 직직 끌

며 엄마가 나타났다. 올림머리에 꽂힌 머리핀, 더운데도 꼭
걸치고 있는 연두색 카디건. 어제 아침과 똑같은 패션이었
다. 엄마의 입술은 굳게 앙다물어져 있었다.

"어휴, 여태 교복을. 얼른 갈아입어."

이게 첫마디였다. 웬일인지 화를 내지 않았다. 긴장 태세
로 나는 엄마를 흘끔 살펴봤다. 팔짱을 끼고 잔소리를 던지
던 원래의 모습 그대로였다. 이래도 되나 싶은 찝찝함을 안
은 채 신발을 벗고 털레털레 들어갔다.

"밥 먹었어?"

심지어 걱정까지 해 준다. 내가 고개를 가로저었더니 3분
도 안 되어 밥과 반찬이 식탁에 차려졌다. 나는 얼떨결에 식
탁 앞에 앉았다.

"옷부터 갈아입고 오라고."

나는 줏대 없이 방으로 갔다. 뭔가 각오했던 임팩트가 없
다. 엄마의 페이스에 휘말린 것 같은 기분도 들었다. 침대
에 던져진 평상복을 주섬주섬 갈아입고 다시 거실로 나왔
다. 엄마는 이미 식탁 맞은편에 앉아 있었다.

"……잘 먹을게."

어색한 분위기를 인사로 무마하고 밥을 먹기 시작했다.
마늘종, 오징어채, 김치와 김밖에 없지만 먹을 만했다. 오
늘 처음으로 먹어 보는 쌀밥이었다. 인스턴트로는 느낄 수

없는 오징어채의 쫄깃한 식감과 마늘종의 새콤한 맛이 입 안을 감돌았다. 나는 눈을 감고 음미했다. 무거운 마음이 풀리는 느낌이었다.

"어디 갔었어?"

그런데 집밥의 감동을 1분도 느끼지 못했건만 질문이 날 아들었다. 엄마는 깍지 낀 손에 턱을 괴고 있었다. 완벽한 심문 자세다. 마치 내 마음을 무장 해제시키고 그다음에 공격하겠다는 전략을 세운 사람 같았다. 나는 입에 음식을 문 채로 대답했다.

"바다 보러."

"바다? 거길 왜 가?"

나는 코로 한숨을 내쉬었다.

"그냥…… 답답해서."

"네가 왜 답답한데."

역시나. 이제부터 시작이었다. 숨이 막혀 오기 시작했다. 음식물을 삼키고 물을 들이켜니 조금 나아지는 듯싶었다. 엄마는 계속 잔소리를 했다.

"네가 과외를 못 받니, 학원을 못 가니. 필요한 거 다 시 켜 줘도 답답하다고 하면 나더러 어쩌란 얘기야."

"……"

"어제도 그래. 얼마나 만들기 어려운 자리였는지 알아?

그 원장 쌤 거쳐서 스카이 간 애가 한둘이 아니야. 내가 사정사정해서 다음 주로 미뤄 놨어."

나는 식탁 밑으로 주먹을 꾹 쥐었다. 이제 거사를 시작할 타이밍이었다.

"엄마."

잠시 정적이 흘렀다. 싱크대 수도꼭지의 물방울이 똑똑 떨어지는 소리가 들릴 정도였다. 나는 오장육부를 쥐어짜 내는 심정으로 말했다.

"나, 상담 안 받을 거야."

엄마의 눈이 파르르 떨렸다. 자기가 잘못 들은 것이라 생각하는 표정이었다.

"왜? 성적 좋을 때 받아야지."

아직 엄마는 평소의 목소리를 유지했다.

"사실…… 5월 모의고사 망쳤어."

엄마가 괴고 있던 턱을 번쩍 들었다.

"이번에 성적 올랐다며?"

"거짓말이야. 너무 망친 바람에 말을 못 하겠더라고."

엄마 얼굴은 숫제 일그러졌다.

"금방 탄로 날 걸 왜 속여?"

"그래서 지금 얘기하잖아."

"가출한 게 그 때문이었어?"

"그게 아니라……."

"아니면?"

뭔가 변명을 늘어놓으려고 하는 순간, 예전의 나약함이 고개를 드는 걸 자각했다. 이래서는 원래의 나로 돌아갈 뿐이었다. 나는 의지를 발휘해 굴종의 욕구를 꾹 눌러 담았다.

"답답해서 바람 쐤다는데 무슨 이유가 더 필요해."

"기껏 쏟아부었더니 그딴 걸로 가출을 해!"

말이 끝나기가 무섭게 엄마가 반찬 통 뚜껑을 집어 던졌다. 뚜껑은 내 뺨을 강타하고 거실까지 날아가 뒹굴었다. 축축하고 쓰라린 게 벌건 김칫국물이 묻은 모양이었다. 엄마가 지금까지 부글부글 끓는 화를 참았다는 걸 알 수 있었다. 나는 할 말을 계속했다.

"나, 과외도 모두 끊을래."

"뭐라는 거야, 도대체!"

엄마는 아예 넋 나간 표정이었다. 이유를 묻기 전에 내가 먼저 말했다.

"성적 떨어진 거 보면 답 나오잖아. 아무 소용 없다고."

다시 침묵이 흘렀다. 냉장고의 기계음만이 여백을 메워 주었다. 엄마는 한숨을 푹 쉬며 휴지를 한 장 뜯었다. 그러고는 내게 건네주며 물었다.

"왜 그러니, 태훈아. 다음 주에 상담이라도 받아 보고 결정하자. 응?"

나는 휴지를 받지 않았다. 여기까지 말한 것만으로도 정신력을 모두 소진했지만 한 번 더 이를 악물고 단도직입적으로 말했다.

"제발 나 좀 그냥 놔둬. 솔직히 엄마가 이러는 거, 너무 싫어."

짜악!

눈앞이 번쩍했다. 휴지를 건네던 엄마 손이 내 뺨을 강타했다. 이어서 매운 손이 목, 등, 어깨로 순식간에 날아들었다. 물러나면 안 될 것 같아 그대로 앉아서 맞았다. 미친 듯이 때리는 엄마가 비명인지 괴성인지 모를 소리를 내고 있었다.

이토록 시원하게 얻어맞는 건 초등학생 때 이후로 처음이었다.

월요일 아침, 등교하는 길은 5월 하순답지 않게 제법 선선했다. 하늘을 올려다보니 빠르게 흘러가는 구름 조각이 3D 애니메이션처럼 입체적이었다. 기분에 따라 다르게 보이는 모양이다. 밭고랑 같은 구름, 비행선 같은 구름……. 다양하게 변하는 구름은 계속 봐도 질리지 않았다.

실내화로 갈아 신고 계단을 올라 복도를 거니는 기분도 새로웠다. 단지 부산에 다녀와서 그런 건 아니었다. 내가 스스로 무언가 바꿀 수 있다는 능동적인 느낌. 그게 세상을 달라 보이게 했다. 모처럼 콧노래를 부르며 교실에 들어서니 성균이가 내 얼굴을 보고 깐죽거렸다.

"뭐야, 17대 1로 한 판 붙었냐? 물론 네가 17명 중 하나이고."

오른쪽 광대 아래에 붙인 반창고 때문이었다. 나는 전에 없는 장난기가 발동해 파이팅 포즈를 취했다.

"어. 같이 덤벼서 묵사발 냈지."

성균이 녀석은 자기가 장난을 걸어 놓고도 내 말이 진담인지 농담인지 헷갈리는 듯한 표정이었다. 늘 내가 당하기만 했던 터라 고소했다.

어제 반찬 뚜껑에 맞았을 때 뺨에 묻어난 건 김칫국물이 아니었다. 전화위복으로 그게 엄마를 진정시키는 데 기여를 했다. 이성을 되찾은 엄마가 얼굴에 반창고를 붙여 줄 때 나는 비로소 담판을 지을 수 있었다.

원장과의 상담은 취소되었다. 5월 모의고사를 그렇게 망쳤다는데 엄마도 더 이상 밀어붙일 수는 없었다. 나는 남은 수험 기간 동안 엄마에게 어떤 간섭도 하지 말 것을 요구했다. 그리고 지금까지 듣던 영수 과외도 당장 끊겠다고 했다. 엄마가 말도 안 되는 소리라고 난리를 쳤지만, 쫓겨날 상황까지 각오한 내 고집을 꺾지는 못했다. 내가 못 미더웠던 엄마는 7월까지만 과외를 쉬고, 스스로 성적을 못 올리면 그 후에 학원에 등록하자는 타협안을 제시했다. 나는 그 제안도 거절했다.

"나한테 자꾸 뭘 강요하지 마. 자꾸 그러면 나, 나중에 엄마를 피해 다닐 것 같아. 어차피 내 인생 내가 책임지는 거니까 응원만 해 줘. 내가 할 수 있는 만큼은 최선을 다할 거니까."

기운이 빠진 엄마는 더 이상 나를 손찌검하지 못했다. 그저 어린애 같고 모든 걸 관리해 줘야 한다고 믿었던 아들의 변화에 확연히 놀란 기색이었다. 급기야 엄마는 울음을 터뜨렸다. 그 순간 나는 엄마가 생각보다 연약한 존재라는 사실을 알게 되었다.

그리하여 오늘은 스스로 알아서 살아가는 첫날이었다. 거창한 목표까지 정하지는 못했지만 당장의 삶을 책임지기 위해 나는 분발해야 했다. 내 마음대로 산다고 해서 공부를 가볍게 여길 생각은 추호도 없었다. 아침 자습은 국어 지문으로 산뜻하게 출발하려고 문제집을 펼쳤다. 그런데 본문을 반쯤 읽었을 무렵, 철호가 뒷문을 보고 미친놈처럼 소리쳤다.

"천동기다아!"

그 말에 깜짝 놀라 돌아보니 정말로 커다란 동기가 호주머니에 손을 삐쭉 넣은 채 문간에 서 있었다. 바로 들어오지 않고 지켜보는 품새가 반응을 기다리는 눈치였다. 특유의 시니컬한 미소를 보면 알 수 있었다. 그간 동기의 사진을 구경했던 애들이 문간으로 몰려들었다.

"야 이 미친 새꺄! 좋았냐?"

"대체 얼마 만에 학교 온 거여."

"씨발, 나도 좀 데려가지!"

애들은 악다구니 부리듯 환영했다. 수험 생활에 찌든 감정들이 여기저기서 분출되었다. 지금껏 동기와 대화해 보지 않았던 애들까지도 친한 친구였던 것처럼 말을 걸어 댔다. 나는 무리에 끼지 않았다. 자연히 녀석이 올 것이기 때문이다. 짝꿍인 동기는 내 옆으로 다가와 앉았다. 나는 자연스럽게 인사를 건넸다.

"여, 내 말대로 왔구나."

그런데 동기는 대답은커녕 나를 쳐다보지도 않았다. 조용히 공책과 이어폰을 꺼낼 뿐이었다. 어찌 된 일인지 녀석은 집 나가기 전의 냉담한 천동기로 돌아와 있었다. 부산과 통영에서 나눈 말들이 결코 적지 않았던 것 같은데.

녀석은 전보다 더 교복이 어울려 보이지 않았다. 얼굴이

까맣게 그을리고 팔뚝도 굵어져 당장 일하러 가야 할 듯한 인상이었다. 간만에 낀 뿔테 안경은 더 이상 녀석의 야성을 가려 주지 못했다. 더욱 튀어나온 광대와 푸석해진 머릿결에도 불구하고, 나는 녀석의 원래 성격에 다시 적응해야 했다.

작년부터 동기와 같은 반이었던 용대가 녀석에게 물었다.

"담임한테 인사는 했냐?"

"아니."

"그냥 오믄 어떡해."

"상관없어."

용대는 말문이 막힌 듯 가만히 있더니 입 모양으로 '미친.'이라 중얼댔다. 동기에게 부쩍 관심이 많아진 철호가 말했다.

"무단결석 많이 하면 징계 먹지 않냐? 예전에 교내 봉사하는 거 봤는데."

"가출이면 정학 먹을 수도 있어."

성균이가 스케일을 키워 버렸다. 당사자인 동기는 아무렇지도 않게 이어폰을 끼고 있는데 뒤에서 세 녀석이 동기를 걱정해 주고 있는 모양새가 웃겼다.

5월 22일 월요일. 무려 17일 만에 학교로 나온 천동기 때문에 교실은 전에 없이 술렁거렸다. 나도 공부가 안 되기는 마찬가지였다.

　1교시에 들어온 화학은 내 옆에 앉은 동기를 처음 발견
한 선생이었다. 마치 도깨비라도 마주친 듯 5초쯤 말이 없
었다. 그러곤 한다는 소리가,
　"니 천동기여?"
　이거였다. 동기가 그렇다고 대답하자마자 화학 선생은 인
터폰이 아닌 휴대폰으로 어딘가에 급히 전화를 걸었다. 그
러고 나서 대략 2분쯤 지난 뒤 담임이 헐레벌떡 나타났다.
　"천동기."
　착 가라앉은 말투였다. 반면 숨찬 목소리와 옆머리가 이
마에 젖은 미역처럼 들러붙은 기괴한 모습은 누가 보아도
흥분한 상태였다. 동기가 짧게 대답하자마자 담임은 동기
의 멱살을 잡을 듯이 말했다.
　"교무실로 따라와."
　동기는 귀찮은 일을 처리하는 사람처럼 "끙." 하고 일어
났다. 동기가 사라진 뒤 교실은 다시 덤덤한 분위기로 돌아
왔다. 뒷문이 닫힐 때까지 묵묵히 바라만 보던 화학이 옅은
미소를 띠었다.
　"니들은 지금 치킨을 시켜 먹을 녀석이 치킨 배달할 놈으
로 바뀌는 모습을 보는 중이여. 이것도 인생 공부니께 똑똑

히 봐 두라고."

이딴 게 공부라는 말에 나도 모르게 픽 웃음이 나왔다. 내 생각에 인생 공부가 필요한 건 동기를 제외한 여기 있는 대부분이다. 항상 낄 때 안 낄 때 구분 못 하는 성균이가 이번에도 깐죽거렸다.

"쌤, 그럼 동기는 휘발유에서 경유로 바뀐 거예요?"

야유 소리가 교실을 뒤덮었다. 철호의 목소리가 제일 컸다. 그런데 화학은 성균의 말이 마음에 들었는지 농담에 농담을 보탰다.

"고럼. 그래서 지금 환경부담금 내러 갔잖아."

알아들은 몇 놈만 낄낄거렸다. 시시껄렁한 화학의 동기부여는 5분 정도 계속됐고, 수업이 진행되는 동안 나는 동기 생각을 했다. 녀석이 건방지게 지껄여 일을 크게 만들진 않을까, 감정이 격해진 담임이 동기를 구타하진 않을까, 성균이의 말대로 정말 정학을 먹는 건 아닐까, 온갖 걱정이 들었다. 내가 남 걱정을 하는 건 실로 오랜만이었다.

띠리리리.

수업이 10분쯤 남았을 무렵, 교실 인터폰이 울렸다.

"아, 뭐여?"

수업의 맥이 끊긴 화학 선생이 신경질을 부리며 수화기를 집어 들었다. 그러고는 몇 마디 나누더니 날 바라봤다.

"나태훈, 니도 교무실 오라는디."

학생들이 모두 날 쳐다봤다. 심장이 바닥에 쿵 떨어지는 기분이었다. 동기가 나랑 연락해 왔던 사실을 불어 버린 모양이다. 상황을 짐작한 뒷자리의 용대가 내 등을 툭 치며 말했다.

"쯧쯧, 다녀와라."

맥없이 뒷문을 나섰다. 복도가 유난히 길어 보였다. 옆 교실에서 새어 나온 웃음이 내 기분을 더욱 비참하게 했다. 동기 이 녀석은 입단속 좀 잘하지 어째서 나까지 끌어들인 걸까. 가출 방조, 가출 협력 이딴 죄목으로 처벌받는 걸까. 이제야 삶을 즐겨 볼 마음이 생겼는데 시작도 못 하고 싹을 짓밟히다니.

드르륵.

교무실은 늘 재판정같이 엄격해 보였다. 좋은 일로 방문할 일이 없으니까. 교무실에서 담임을 따로 보는 게 벌써 세 번째다. 지난번에 동기랑 연락되느냐고 물었을 때 발뺌했기에 이제 빠져나갈 구멍도 없었다. 동기 엄마의 부탁을 저버린 일까지 떠올라 머리가 혼란스러웠다. 파티션 몇 개를 지나가자 동기와 담임이 나를 동시에 쳐다봤다.

"이야, 태훈이 왔네. 여기 앉아 봐."

담임의 얼굴은 의외로 밝아 보였다. 동기도 마찬가지였

다. 마치 카페에서 수다를 떨다가 나까지 초대한 것 같은 느낌이었다. 상황 파악을 해 보려고 머리 굴리는데 담임이 먼저 말했다.

"얀마, 아무리 주말이라도 그렇지 나한테 연락 좀 해 주지 그랬어."

"네?"

"동기 전화 받고 네가 제일 먼저 부산 내려갔다며."

"네?"

주말에 부산으로 가서 동기를 만난 사실까지는 맞는데, 그 외의 상황이 미묘하게 뒤바뀌어 있어 아리송했다. 동기가 나를 보며 픽 웃었다. 담임은 노골적으로 나를 띄우기 시작했다.

"비상금 털어 가출한 친구 구한 짝꿍. 이거 신문 기사 감인데."

"……."

내가 파악한 담임 얘기는 이랬다. 동기는 마지막 코스인 부산까지 여행을 마치면 거기서 죽을 생각이었단다. 이유는 아주 흔해 빠진 가정 형편 비관이었다. 그런데 마지막으로 생각난 게 나였고, 전화 걸어 돈도 없고 힘들어 죽겠다고 했더니 내가 기차 타고 부산까지 내려와 밥 사 주고 돈 빌려 주고 집에 돌아오도록 녀석을 설득까지 했다는 것이다. 대체 무슨 말인지 몰라 정신을 못 차릴 지경이었다.

"아무 걱정 말고 공부만 해. 내가 그렇게 빡빡한 사람으로 보였냐? 애초에 네가 체험학습으로 신청한 거니까 늦게라도 결재 나면 상관없어."

그러면서 담임이 동기의 어깨를 다독였다. 오히려 녀석에게 의욕을 갖고 살아야 한다며 어르고 달래는 모습이었다. 내가 상상했던 상황과 완전히 반대였다. 동기는 담임에게 낮으면서도 명확한 목소리로 말했다.

"엄마한테는 죽으려 했다는 거 말하지 마세요. 그럼 저 진짜 죽어요."

"그럼, 인마."

동기가 꾸벅 인사하고는 일어났다. 얼떨결에 나도 같이 일어나 묵례했다. 그러고 돌아서는데,

"나태훈."

담임이 나를 불러 세웠다. 또 뭐가 남았나 싶어 철렁했는데, 눈치를 살펴보니 담임은 후련한 표정을 짓고 있었다.

"네가 수고 많았다."

골치 아픈 문제를 내가 대신 해결해 줬다는 투였다. 어이없는 오해였지만 굳이 해명할 필요를 못 느껴 그저 다시 한번 꾸벅하고 교무실을 나왔다. 복도로 나오자마자 긴장이 확 풀려 버렸다.

동기는 벌써 저만치 앞서 걸어가고 있었다. 나는 얼른 달려가 동기를 따라잡았다.

"야, 너답지 않게 웬 쇼야?"

동기가 쿡쿡쿡 웃었다. 녀석이 실소를 머금을 때 나오는 소리였다. 녀석은 한참 웃은 뒤에야 한마디 내뱉었다.

"이래서 우등생 할 만해."

"뭐가?"

"아무 말이나 믿어 주잖아."

장난기 가득한 얼굴이었다. 동기의 이런 표정은 쉽사리 적응되지가 않았다. 그제야 녀석이 집을 나갈 때 나를 팔았 었다는 사실이 떠올랐다. 그리고 오늘도 나를 이용하고 있 다고 생각하니 기가 막혔다.

"천하의 천동기도 징계 먹는 건 무섭나 보지?"

"노."

동기의 목소리는 단호했다.

"한 방 먹이고 싶었을 뿐이야. 처음부터 받아 줬으면 아 무 문제 없는 걸 시끄럽게 만든 장본인이 누군데. 신청서에 도 난 오늘 돌아오기로 돼 있었어."

머릿속으로 따져 보니 정말로 녀석이 빠진 기간 중 출석 일은 딱 10일이었다. 체험학습 신청 기간과 같았다.

앞으로 담임은 동기를 함부로 대할 수 없게 됐다. 그러면서 녀석의 학생부도 깨끗해졌다. 게다가 집 나가면서 내게 씌운 누명까지 말끔히 해결했다. 녀석의 영악함에 혀를 내두를 수밖에 없었다. 결판을 내는 솜씨가 보통이 아니다. 우직하게 얻어맞고서야 엄마와 결판을 낸 나와는 차원이 달랐다.

디잉. 디잉.

1교시 종료를 알리는 벨 소리가 흘러나왔다. 한두 명씩 나오면서 복도가 소란스러워졌다. 앞서가는 동기는 키만 큰 사람이 아니었다. 나는 녀석의 높은 어깨에 손을 척 얹고 말했다.

"어이, 천 선생. 매점이나 가지. 내가 쏠 테니."

동기가 웃었다. 녀석이 튕기지 않고 따라오는 건 오늘이 처음이었다.

15.
지금 우리는

1년 중 해가 가장 길다는 하지를 지나면서 완연한 여름 날씨가 찾아왔다. 교실 창문을 열면 시원한 매미 소리가 들리고 교정에 드문드문 피어 있는 분홍 백합꽃과 노랗게 핀 원추리가 선명히 보였다. 한동안 장마가 지면 여름 기운이 더욱 짙어질 터였다.

동기가 돌아온 지도 어느덧 한 달이 되어 가출 소동은 이미 옛일이 되어 있었다. 녀석이 달라진 점이라면 전보다 인기가 좋아져 철호를 비롯한 다른 놈과 제법 말을 섞는다는 정도였다. 지난주에도 녀석은 친구들의 부러움을 샀는데, 2주 넘게 학교를 빠졌는데도 6월 모의고사에서 여전히 학급 1등을 차지했기 때문이었다. 가출하는 동안 시골에 틀어박혀 공부했냐고 선생들이 물어볼 정도였다. 거기에 동기는 픽 웃을 뿐 말을 아꼈다.

나도 소기의 성과는 있었다. 나 혼자 준비했던 이번 모의고사에서 5월 성적을 회복한 것은 물론이고 4월보다 좀 더 점수가 오른 것이다. 동기는 나더러 절실함이 먹여 살리는 중이라 했다. 그도 그럴 것이 과외를 중단한 뒤부터 모르는 수학 문제는 동기에게 물었다. 평소에 말도 못 걸 만큼 집중해 있는 녀석이라 머뭇거리다 겨우 물었는데, 동기는 의외로 귀찮은 기색 없이 질문을 받아 줬다. 그게 시초가 되어 나는 쉬는 시간마다 녀석을 귀찮게 했다. 그런데도 지금껏 거절당한 일은 없다.

나는 감사의 뜻으로 동기를 매점에 자주 데려가 간식을 사 줬다. 통영에서 빌려준 6만 원은 아예 돌려받을 생각도 하지 않았다. 동기는 이제 내가 사 주는 음식을 잘 받아먹는다. 아직도 녀석과 말을 못 섞는 애들이 수두룩한 걸 생각하면 정말로 각별해진 셈이다.

낮이 길어 야자 1교시가 끝났는데도 해가 서산에 걸려 있었다. 우리는 매점 2층 옥상에서 석양을 바라보며 약고추장이 먹음직스럽게 발라진 떡꼬치를 뜯어 먹었다. 달아공원에서 함께 일몰을 본 뒤로 자연스럽게 굳어진 일과였다. 고층 아파트들이 한쪽을 가리는 게 흠이지만 그럭저럭

전망이 괜찮았다.

"공부는 할 만하냐?"

동기가 말을 툭 던졌다. 부산에서처럼 똑같이 질문했다. 아마 그때 나는 우물쭈물하다 욕을 먹었던 것으로 기억한다. 이제 나는 그때와 다른 답변을 할 수 있다.

"뭐, 어렵지만 괜찮아."

진심이었다. 예전엔 나를 휘감은 거센 물결에 그저 떠내려가려고 있었다면 지금은 적어도 직접 헤엄쳐 보려고 몸부림치는 중이었다. 엄마와 담판을 지은 뒤로 스스로 책임지겠다는 의식이 여러모로 도움이 되었다. 과정과 결과 모두 내게 달려 있다는 사실이 각성제 노릇을 톡톡히 해 주었다. 동기가 옅은 미소를 머금었고, 나는 그것을 긍정의 의미로 받아들였다.

"특히 수학은 너 없으면 어쩔 뻔했나 싶어."

동기는 말이 없었다. 그저 돌아서서 세상을 바라볼 뿐이었다. 녀석이 저러는 건 익숙하기에 뒤통수에 대고 계속 말했다.

"그런데, 내가 너무 자주 물어봐서 귀찮지 않아? 그럴까 봐 학기 초엔 함부로 말도 못 걸었는데."

지는 해를 물끄러미 보던 동기가 그제야 날 돌아보았다.

"네가 안 물어봤지, 내가 안 가르쳐 줬냐?"

실소가 터져 나오는 답이었다. 철저히 녀석다운 말이다. 동기의 위세에 눌려 지레 포기했던 건 사실이기에 변명의 여지가 없었다. 녀석이 계단으로 향하며 말했다.

"앞으로도 모르는 거 있으면 물어봐라. 나도 연습 잘되고 있으니까."

"……무슨 연습?"

뿔테 안경 뒤로 동기의 눈매가 웃고 있었다.

"사범대나 갈까 해서."

그러고는 계단 밑으로 사라져 버렸다. 나는 뒤통수를 한 대 얻어맞은 듯 머리가 띵했다.

스카이도 후벼 팔 만한 녀석이 사범대라니. 1년에 한 달쯤 떠나려는 것 때문에? 아무리 그래도 동기가 선생이라니! 충격을 넘어 공포였다. 녀석의 성깔을 봐서는 학생들을 어떻게 대할지 안 봐도 뻔하다. 말려야 한다. 미래의 꿈나무를 위해서라도 뜯어말려야 한다. 나는 뒤늦게 따라가며 소리쳤다.

"야, 천동기! 거기 서 봐."

동기의 통학용 MTB 자전거는 정말 튼튼했나. 남해부터 부산까지 400킬로미터가 넘는 코스를 완주하고도 녀석을 매일 학교와 집으로 실어 날랐다. 부산에서 올 땐 자전거를 신고 시외버스를 탔다는데, 내가 볼 땐 순전히 시간이 부족해 그런 듯했다. 녀석을 보면 전국 일주도 불가능할 것 같지 않았다.

요즘은 야자가 끝나면 독서실로 직행하는데, 동기와 같은 방향이어서 함께 걷곤 했다. 지금도 녀석은 자전거를 옆구리에 끼고 있다. 게다가 카메라도 메고 있어 교복 입은 것만 빼고는 남해안을 누비던 때와 다를 바 없었다. 동기는 같이 걷다가도 좋은 장면을 포착하면 멈춰 서서 골몰히 사진을 찍었다. 이래저래 녀석의 보조를 맞추기란 어려웠다. 나는 무심코 물었다.

"엄마랑은 잘 지내?"

"왜 물어?"

"그 뒤로 한 번도 못 봬서."

동기는 케케묵은 이야기를 꺼낼지 말지 고민하는 기색으로 대답했다.

"안 그래도 엄마가 같이 밥 먹자고 너 한번 데려오라고 했는데."

"나를?"

"귀찮아서 얘기 안 하고 있었지."

괘씸한 말을 아무렇지 않게 지껄이는 녀석이었다. 이유를 들어 보니, 부산에 사는 동범이 형이 내가 왔었다는 사실을 동기 엄마에게 즉각 보고했더란다. 나를 라면 한 박스도 사 주고 가는 좋은 녀석이랬다나 뭐라나. 그래서 날 초대하고 싶다는데, 이상하리만큼 동기네 집에 좋은 이미지가 박혀 버렸다.

"나도 이해가 안 돼. 네가 어딜 봐서 범생으로 보인다는 건지 원."

동기가 툴툴댔다. "아무렴 사차원인 너보단 내가 낫지." 라고 받아치려다 참았다. 곧 독서실에 도착한 바람에 여기서 헤어져야 했다. 녀석은 자전거에 올라타 쌩 달리는 것으로 인사를 대신했다. 나는 그런 뒷모습을 한참 바라봤다.

비좁은 계단을 올라서면 2층 독서실이 나온다. 문을 여니 오늘따라 독서실이 휑하게 느껴졌다. 나는 휴게실에 잠시 앉아서 휴대폰을 켰다. 문자와 부재중 전화가 각각 와 있었는데, 문자는 엄마가 보낸 것이었다.

아들, 혼자 공부한다고
딴생각하면 안 돼.

역시 엄마는 엄마다. 걱정쟁이 기질은 어디 가지 않는다. 예전엔 엄마의 지나친 간섭이 부담스럽기만 했는데 요즘엔 꼭 그렇지만은 않다.

응. 목표한 것만 끝내고 갈게.

지난달에 엄마에게 얻어맞은 뒤부터는 잔소리가 무섭지 않았다. 엄마의 밑바닥을 봐 버려서일까. 가끔 화내는 모습이 안쓰러워 보이기까지 했다. 이제 엄마의 잔소리는 내가 집중하도록 도와주는 딱 그 정도였다.

18시 58분, 지역 번호 051에서 부재중 전화가 왔다고 찍혀 있었다. 아무리 보아도 스팸인 듯해서 무시했다. 이런 것에 신경 쓰고 싶지 않았기 때문이다. 오늘의 목표를 채우기 위해 휴대폰을 끄고 독서실의 내 자리로 들어갔다. 조금 졸렸지만 정신을 부여잡고 책과 씨름을 벌였다.

051-XXX-XXXX

문제는 스팸으로 치부했던 051 전화가 잠시 후 또 걸려 온 것이다. 음악 들으려고 켜 놓은 휴대폰에 뜬 낯선 번호. 나는 받을지 말지 망설였다. 결국 얼른 휴게실로 달려가 전화를 받았다. 나도 모르게 숨찬 목소리가 나왔다.

"……여보세요?"

"안녕하세요. 나태훈 학생인가요?"

웬 점잖은 여자 목소리였다.

"네. 맞는데요."

"한국해양문화 보존센터인데요. 나태훈 학생이 제5회 한국해양사진 공모대전에 입상하여 전화드렸습니다."

"네?"

순간 보이스피싱이 아닌지 의심했다. 요새 이런 식으로 접근해서 계좌 번호 같은 정보를 빼 가는 일이 많다고 들었기 때문이다. 그런데 그 순간 머릿속이 번쩍했다.

해양사진 공모전. 동기가 보내 준 남해안 사진을 충동적으로 응모한 적이 있었다. 내 이름으로 출품해 놓고 까맣게 잊어 동기에게 알리지 못한 일이었다. 그런데 입상을 해 버렸다니. 다시 여자의 목소리가 들렸다.

"축하드립니다. 8월 5일 해양축제일에 시상식이 열리고 상금이 전달될 예정인데요. 이번 주말까지 메일로 보낸 양식에 프로필 작성해서 보내 주시겠어요?"

"……."

"여보세요. 나태훈 학생?"

순간 백만 번도 더 마음이 왔다 갔다 했다. 여기서 내 작품이 아니라고 실토하면 입상 자체가 취소될 공산이 컸다. 그렇다고 시치미 떼고 상을 받는 것도 차마 못할 짓이었다. 수화기 너머의 여자가 대답을 재촉하고 있었다. 동기의 얼굴도 아른거렸다. 머리가 펑펑 돌 지경이었다. 그대로 주저

앉고 싶은 심정이었다.

이틀이 지났다. 야자 1교시가 끝나고 동기와 나는 변함없이 매점 옥상에서 석양을 바라보고 있었다. 오늘따라 붉게 물든 노을이 밭고랑처럼 배열된 구름에 뒤덮여 더 멋졌다. 나는 그 광경을 바라보느라 손에 들고 있던 아이스크림이 녹는 줄도 몰랐다. 동기가 노을 풍경을 커다란 카메라에 담았다. 찰칵, 찰칵. 내 마음을 저미는 소리가 허공에 울려 퍼졌다.

그저께부터 공모전 입상 소식을 녀석에게 말해야 하나 끊임없이 고민했다. 통보를 받았던 날엔 잠도 못 이룰 정도였다. 어제도 말을 꺼내 보려 했지만 차마 용기가 나지 않았다. 그래서 지금도 눈치가 보였다. 찰칵, 찰칵. 카메라가 얼른 말하라고 재촉하는 듯했다. 동기가 다 찍고 나서 아이스크림을 다시 집었을 때야 나는 간신히 운을 뗐다.

"저기…… 너한테 말 못 한 게 있는데."

"뭐."

녀석이 평소와 같이 반응했을 뿐인데도 가슴이 철렁 내려앉았다. 사실을 말하고 나면 동기가 자기 사진 도용했다고 비난하지 않을까, 이성을 잃고 덤벼들진 않을까, 숫제 절교당하는 게 아닐까 온갖 걱정이 들었다. 하지만 언제까지 비밀로 할 수 없는 노릇이기에 나는 주먹을 꾹 쥐었다.

"네가 집 나갔을 때 나한테 보내 준 사진 말이야……."

동기가 빤히 날 응시하고 있었다. 나는 차마 눈을 마주치지 못해 질끈 감았다.

"공모전 출품했는데, 입상해 버렸어."

"뭔 소리야."

동기가 한 번에 알아듣지 못해 되물었다. 할 수 없이 나는 그간의 상황을 다시 주저리주저리 늘어놓았다. 공모전을 발견했는데 기한이 얼마 남지 않아 연락할 수 없었던 일, 인적 사항을 몰라 급한 대로 내 이름으로 응모한 사정, 통보를 며칠 전에 받은 상황, 언젠가는 말하려 했는데 깜빡 잊어버린 것까지 모두 실토했다. 녀석은 팔짱을 끼더니 내게 물었다.

"무슨 상 받았는데?"

"……은상."

"은상이면 2등이냐?"

"아니, 금상 위에 대상도 있어."

동기는 픽 웃었다. 왠지 비웃음 같아 속이 쓰렸다. 녀석이 말했다.

"그래서 하고 싶은 말이 뭔데?"

갑작스러운 질문에 당황스러웠다. 진짜로 할 말이 뭐였

더라. 나도 두서없이 말을 꺼냈기에 생각해 보지 않았다.

"뭐…… 주최 측에 사실대로 얘기해야 하나 고민 중이야. 너한테 미리 상의하지 못한 것도 잘못이고."

"바보냐?"

녀석이 툭 쏘아붙이기에 나는 멀뚱히 쳐다만 봤다. 동기는 수학 문제를 가르쳐 줄 때와 같은 목소리를 내고 있었다.

"내가 이메일 보낼 때 선물이라 적었잖아."

"……"

무슨 말인지 바로 납득할 수 없어 눈만 끔뻑거렸다. 동기의 말투는 어느새 내가 쉬운 문제도 못 풀어서 끙끙거릴 때 핀잔주던 그것으로 바뀌었다.

"그거 네 거라고. 네 사진으로 네가 응모한 건데 뭐가 문제야."

"그래도 사진 찍은 사람이 넌데……."

"아이 씨, 두 번 말하게 하네. 내가 아끼는 사진은 따로 있으니까 필요 없는 사진 너 준 거야. 그걸 전시하든 팔아먹든 네 자유고. 아직도 이해 안 가냐?"

이해가 너무 잘되는데 녀석의 사고방식이 적응 안 될 뿐이었다. 나는 동기가 모르고 있는 사실도 말해 주었다.

"상금이 백만 원이야."

"그래서?"

"상 받더라도 상금은 너 주려고."

"아니."

"그럼 반으로 나눠서⋯⋯."

"왜 그래야 하는데?"

반응이 1초도 안 걸렸다. 녀석의 말투는 너무 건조해서 무심하다 못해 냉담하게 느껴질 정도였다. 해가 완전히 저물어 주변이 어스름해지고 있었다. 동기는 평소처럼 미련 없이 뒤돌아서서 계단으로 향했다.

나는 조심스레 동기에게 제안했다.

"8월에 시상식이 있는데⋯⋯."

"다녀와."

"아니, 같이 가자고."

"귀찮아."

그러면서 계단을 내려갔다. 나는 다급히 붙잡듯이 말했다.

"시상식이 부산에서 열려!"

동기가 그제야 멈칫했다. 그러고는 날 올려다보며 히죽 웃었다.

"그건 좀 구미가 당기는데."

녀석은 지난달에 부산을 충분히 다 돌지 못했다고 아쉬워했다. 돌아오기로 한 날짜에 맞추느라 그랬다고 한다. 동기는 정확한 날짜와 시간이 언제인지 물어볼 만큼 관심을 보였다. 나도 맞장구를 쳐 주었다.

"동범이 형 또 보러 가자."

상금을 받으니 경비는 내가 델 참이었다. 고3이라 공부도 해야 해서 당일치기로 다녀올까 했는데 너무 빡빡할 것 같았다. 그래서 나름 통 크게 제안했다.

"1박 2일이면 되겠지?"

동기의 대답은 가관이었다.

"3박 4일 이상. 아니면 안 가."

이건 뭐……. 다른 놈이 이러면 야유를 퍼부을 텐데 동기라서 뭐라 말을 못 하겠다. 아무리 그때가 방학이라도 공부를 나흘이나 쉬는 고3 수험생이 얼마나 될까. 이상하게 이번에도 내가 애원하는 입장이 돼 버렸다.

"넌 지금부터 놀아도 괜찮겠지만 나는 하루가 아쉬운 사람이잖아. 너무 길어지면 부담스럽다고."

녀석은 미동도 없었다. 어쩔 수 없이 협상 카드를 내밀어야 했다.

"에이, 금요일 껴서 2박 3일! 그 이상은 안 돼."

녀석은 내가 쥐어짜 내듯 내민 제안을 팔짱 끼고 검토했다. 그러고는 뭐가 웃긴지 혼자 쿡쿡쿡 웃었다. 한참 지난 뒤에야 녀석이 말했다.

"뭐, 그 정도로 타협하도록 하지."

내가 이 말을 듣고 기뻐해야 하는 건가. 머리가 살짝 띵하다. 어쩌면 이놈, 처음부터 2박을 노리고 수를 쓴 게 아닐까. 녀석에게 하도 당한 적이 많으니.

동기의 얼굴이 사뭇 진지해졌다.

"보수동 책방골목 기억하지? 나한테 사진 찍힌 곳. 이번에 거기 가면 네 사진을 더 찍을 거야. 앞으로 10년마다 거기에서 보는 거다."

말을 마치자마자 녀석이 밑으로 사라졌다. 동기가 사라진 곳을 한동안 물끄러미 바라봤다. 녀석의 말은 한 번에 소화하기 힘들 때가 많아서 다시 곱씹어야 했다. 그때 야자 시간을 알리는 차임벨이 울렸다.

동기가 찍는 사진의 대상이 주로 '살아야 하는 것'임을 알고 있다. 이제 그 대상에 나를 포함시키는 건가. 앞으로 내 안부를 묻겠다는 건가.

나는 아직 연약하다. 여전히 남의 눈치를 본다. 때때로 내일을 걱정하기도 한다. 하지만 조금씩 내가 원하는 방식으로 삶을 바꾸어 가는 중이고, 이런 내 모습이 전보다는 만족스럽다. 밤마다 불안에 빠지던 증세도 사라진 지 오래다. 부산에서 돌아올 때 오답 노트에 적었던 문제도 이제 소신껏 답을 적을 수 있다. 예전과 달리 고3이라는 사막 길을 나름 즐기며 걷고 있다고 생각한다.

동기처럼 뚜렷하진 않아도 이것만은 알고 있다. 매 순간 내가 납득하고 만족할 만한 결정을 내린다면 삶이 점차 신나고 멋진 일로 가득하리라는 것을. 그러다 보면 먼 곳까지 투명한 날도 오리라는 것을. 동기가 그런 내 인생을 보러 오겠다는 것이다. 나도 10년 뒤의 내 모습이 궁금해진다.

하늘에 떠 있는 구름의 형태가 점점 어렴풋해졌다. 저 구름처럼 동기라는 녀석도 종잡기 어렵다. 그래서 당분간 옆에 붙어 자세히 관찰하고 싶다. 나도 녀석의 나중 모습이 궁금해 견딜 수 없다.

깜깜한 계단 밑으로 달려가며 나는 소리쳤다.

"얀마, 같이 가!"

학창 시절, 공부에 염증을 느낄 때면 한 달쯤 멀리 훅 떠나는 상상을 하곤 했다. 현지에서 돈 없이 직접 부딪쳐 보는 여행도 좋고, 호화로운 유람선을 타는 관광도 좋을 것 같았다. 우리나라 지도나 세계 지도를 보며 계획을 세워 보기도 했다. 아마 나만 그러진 않았을 것이다.

동기라는 인물은 어쩌면 많은 사람의 내면에 잠재된 어떤 영혼일지도 모른다. 당장은 현실에 눌려 있지만, 모든 걸 훌훌 떨치고 자유롭게 떠나는 영혼. 나도 어릴 적부터 동기를 간직해 왔음을 고백한다.

문득 우리의 학교와 직장 현실이 안타깝게 느껴졌다. 그래서 오래전부터 잠자고 있던 녀석을 깨웠다. 네가 한번 보여 줘. 우리가 얼마나 좁은 틀에 갇혀 사는지. 나는 그런 너를 관찰할게. 그래서 소설은 동기를 바라보는 시점으로 쓰였다.

"피할 수 없으면 즐겨라."라는 말이 있다. 본래의 좋은 뜻과 다르게 억압당하는 걸 합리화하는 수단으로 더 많이 쓰이는 것 같다. 그래서 나는 이 말을 이렇게 정정해 쓰고 싶다.

"즐길 수 없으면 바꿔라."

바꾸는 건 무엇이든 자유이며 능동적이다. 처한 환경을 바꿔도 되고, 즐기는 방법을 바꿔도 되며, 마음가짐을 바꾸어도 좋다. 그리하여 전보다 영혼이 충만해진다면 성공한 것이다. 우린 생각보다 많은 걸 바꿀 수 있다.

이 책을 끝까지 읽은 독자들의 삶이 더욱 충만해지길 빌어 본다.

2022년, 선선한 공기를 마시며
박상기